Rachid O.

Plusieurs vies

Gallimard

Rachid O. est né en 1970 à Rabat au Maroc.
Il est aussi l'auteur de *L'enfant ébloui*, paru en 1995.

MON ONCLE

Peu importe le nombre de fois où je pense à lui, une fois, dix fois ou trois cents fois par jour, mais il est là. Je l'aimais, et mon père aussi. Son apparition était perpétuellement comme une fête. Toujours surprenant, si grand, si délicat, et, par-dessus tout, tellement beau. Sa beauté ressemblait à tout ce qui venait de lui et à tout ce qu'il pouvait dire. Sa vie était si élégante, mon père trouvait ça. Le souvenir qui me vient en pensant à lui, et heureusement pour moi parce que ça transforme en bien sa mort qui était insupportable pour mon père et toute la famille (aussi égoïste que ça peut paraître, j'aimais bien ce raisonnement, de chercher ce souvenir de quand j'étais petit, j'aurais aimé qu'il y ait quelque chose qui réconforte mon père comme moi, que lui aussi ait un souvenir à lui qui puisse lui faire du bien), quand on l'attendait à la maison je reconnaissais ses coups de sonnette qui me faisaient jaillir en sursaut pour courir lui ouvrir la porte. Immédiatement je m'emparais de lui, malgré ma petite taille par rapport à la sienne, pour me blottir contre lui et le serrer, arriver à rejoindre mes deux bras autour de sa taille en me jetant sur lui avec la force que je pouvais avoir, je cognais ma tête contre son ventre, ça ne lui faisait pas mal et moi je sentais ses abdominaux qui étaient durs, et le seul effet c'est que je voyais qu'il aimait ça.

J'adorais mon oncle et j'adorais comme les femmes parlaient de lui, la plupart d'entre elles jouaient avec des mots pour le désirer, faisant des blagues parce qu'il était spécialement beau, qu'elles aimeraient bien l'épouser, avoir quelqu'un comme lui à la place. Ma tante, la femme de mon père, rêvait de le marier à une fille qu'elle avait en tête. Il était la plupart du temps avec nous. Il était libre et sans famille. Je me rappelais, aussi jeune que j'étais, ça arrivait à mon oncle d'être triste, ce qui était frappant pour tout le monde, lui qui mettait de la joie à la maison. Sa présence était particulière, quand j'étais petit je trouvais qu'il y avait une vraie épaisseur d'air autour de lui que je n'arrivais pas à définir, qui était à sentir, une odeur. Il arrivait et, avec son talent, il faisait rire tout le monde, pendant que moi, assis sur ses genoux, j'étais tout le temps collé à lui. Je trouvais qu'ils se ressemblaient, lui et mon père, psychologiquement. Petit, je trouvais qu'ils se ressemblaient tout court, physiquement et tout, plus tard j'ai compris que c'était quelque chose de mental, de moral. Il me couvrait de tout, d'argent et de cadeaux, lui aussi, et d'amour.

Je n'ai compris qu'un peu plus tard que j'étais très attiré par lui. Ce que j'aimais chez lui, assis, c'était ses genoux musclés. Que sa présence était pour les autres une joie et évoquait pour moi quelque chose de plus particulier, je ne l'ai aussi compris que plus tard. J'adorais aller chez lui, soit avec lui, l'accompagnant, ce qui m'arrivait souvent et que mon père me laissait faire, je trouvais n'importe quel prétexte pour aller chez lui, toute occasion m'était bonne, soit sans lui pour aller le retrouver et l'appeler à la maison, qu'il vienne chez nous. Le reste de ma famille allait rarement chez lui et les seules occasions qui se présentaient, c'est quand parfois il allait mal — sans en parler, mon père le sentait —, une chose dont j'entendais juste parler, c'est qu'à chaque fois chacun allait lui faire du bien et essayer de le faire venir pour qu'il s'en sorte plus vite. Et c'est pour ça que ma tante trouvait qu'il aurait fallu le marier.

Sans me le dire, mon père trouvait que j'étais assez grand, moi aussi, à mon tour, il me poussait vers mon oncle, me le demandant gentiment. Mon père était persuadé que j'avais un pouvoir de lui faire du bien. Ça faisait un moment qu'on ne l'avait pas vu, je ne savais pas de quoi il s'agissait mais je comprenais qu'il y avait quelque chose d'assez grave pour qu'il s'enferme. J'avais très peur en me demandant comment j'allais m'approcher de mon oncle et peur de me rappeler tout de suite un souvenir qui, j'avais l'impression, avait gâché le rapport que j'avais avec lui quand j'étais petit, à être très proche de lui comme j'étais le seul à l'être dans la famille. Ce souvenir me faisait presque honte de me montrer à lui comme si je ne l'avais pas vu depuis ce jour-là, alors que je l'ai vu après, c'est juste que le rapport était plus froid ou, plutôt, qu'il me rendait moi froid, à m'éloigner de lui.

Je devais avoir dix ans, je ne sais plus, en fait, quand toute la famille est allée chez l'une de mes tantes qui fêtait un mariage à la campagne où nous étions restés deux nuits. Mon oncle était avec nous. Pour la soirée des noces, les hommes accompagnaient traditionnellement le marié au hammam. Mon père voulait m'emmener avec lui, je voyais que c'était une corvée pour lui d'y aller mais il n'y avait qu'une seule chose qui lui plaisait, c'était que j'aille avec lui, parce que ce n'était pas tellement son genre ce genre de cérémonie. Mon oncle n'allait jamais au hammam parce que son cœur craignait la chaleur. J'ai eu envie de rester avec lui. Je crois que mon père m'en a voulu. Au moment où ils partaient tous, je m'étais caché sur la terrasse, attendant qu'ils ne soient plus là. Je pouvais les voir de là-haut, ça donnait sur la cour, et mon oncle qui disait à mon père : « Je m'en occuperai, je le laverai avec moi. » J'étais content parce que j'étais arrivé à ce que je voulais, c'était une période où j'avais une frénésie d'être avec mon oncle que je pouvais regarder indéfiniment, mon regard était toujours accroché à lui, ou quand il était debout à bouger et à faire les cent pas il n'y avait que mes paupières qui bougeaient, qui le suivaient. Il me fascinait.

Je suis redescendu de la terrasse tout de suite en disant à mon oncle : « Je me suis caché pour rester avec toi. » J'avais envie de le laver, une sensation qui, j'avais l'impression, me manquait, le voir nu, entièrement nu. Il m'a regardé en disant que ce n'était pas gentil vis-à-vis de mon père mais il avait l'air consterné. Je suis rentré en courant dans une pièce qui était un petit hammam traditionnel pour la grande maison. C'était très beau, une pièce avec une voûte et deux robinets dans le mur, un chaud et l'autre froid, le tout coulé dans une vasque. Ce que j'adorais, c'est que ça résonnait et mon oncle chantait, sa voix se répandait partout. C'était un souvenir très lisse. Mon oncle voulait me laver en premier et me sécher, me rhabiller, et après s'occuper de lui-même, se laver plus tranquillement.

Une fois qu'il avait fini avec moi, je l'ai supplié pour rester auprès de lui en promettant d'être sage. Au bout d'un moment je n'en pouvais plus de rester assis en tailleur, mais en fait c'était très beau de le regarder se laver, un spectacle que je pouvais regarder longtemps, très très longtemps, son corps grand et massif sur lequel il passait du temps à frotter, ou le savon blanc sur sa peau brune. Je ne le voyais que de derrière, assis sur un tabouret en bois, un petit tabouret, et les mouvements de ses muscles avec l'effort qu'il faisait. Il a ôté son slip, chose qu'il n'avait pas faite dès le départ, comme si ma présence l'intimidait alors que moi j'étais à poil et que tout d'un coup il estimait que ça ne posait plus de problème, ou tout juste qu'il ne me sentait plus ici. Et depuis ce jour-là, j'aime l'os qui dépasse au sommet de la raie des fesses, je ne sais pas comment il s'appelle, chez lui il était évident et ça m'impressionnait, un mélange de sentiments, ça me frappait et me choquait, c'était sensuel à la fois. J'ai commencé tout de suite à toucher le mien, si j'avais le même, mais je ne sentais pas grand-chose.

J'avais l'impression que je pouvais profiter de la joie qu'il manifestait à chanter, je me suis jeté sur lui, mais par-devant, en le suppliant de lui brosser les cheveux avec du shampooing. Il s'est laissé faire, toujours assis sur son tabouret et moi debout. Mais il me faisait juste plaisir. Je n'arrêtais pas de le peigner, plusieurs fois, de passer un temps qui devait être agaçant pour lui, on crevait de chaud et de temps en temps il me faisait boire de l'eau dans une tasse en cuivre. Sa tête arrivait à la hauteur de mon torse et même collait à moi. Pour en finir avec moi, il s'est levé brutalement en me portant dans ses bras. Il me faisait souvent ça. Mais là nos éclats de rire étaient plus beaux, dans cette pièce. J'ai compris qu'il fallait arrêter là et le laisser terminer sa toilette tout seul.

Je n'arrivais plus à quitter mon oncle pendant presque toute la soirée, où on venait plusieurs fois me dire qu'il fallait que j'aille jouer avec les gamins ou même dîner avec eux dans une pièce qui était réservée aux enfants des invités. Je me cramponnais, ma main dans celle de mon oncle, à chaque fois qu'on voulait m'arracher à lui. La plupart du temps, mon père était à côté de nous. Je n'essayais pas de comprendre ce qu'ils disaient, ce qu'ils pouvaient se raconter, le fait d'être entre eux me suffisait. De temps en temps, je levais ma tête de droite à gauche pour les regarder, comme s'il fallait que je sois sûr qu'ils étaient toujours là. La fête était finie et le dîner aussi, et c'était le moment de raccompagner les mariés dans une autre maison qui n'était pas loin. Le cortège quittait la maison à pied. En marchant, je tenais le doigt de mon oncle, parmi la foule, je marchais avec lui, et je me souviens toujours du moment où son doigt m'a échappé, à un moment je ne retrouvais même plus mon oncle, lui entier. C'était le soir tard, le chemin n'était pas tellement éclairé. L'idée d'être là perdu me faisait pleurer, c'est une sensation qui, quand je me revois à ce moment, me fait toujours peur.

L'un des proches de ma famille m'a récupéré pour me raccompagner chez mon père qui était resté dans la maison où la soirée s'était passée. J'ai eu droit à me faire engueuler par mon père parce qu'il fallait que je dorme. Je l'ai supplié de me laisser dormir dans la chambre qu'on avait donnée à mon oncle en prétendant qu'il était d'accord pour que je dorme avec lui. J'ai passé un moment avec mon père dehors à prendre l'air, tous deux assis sur une pierre, une grosse pierre près de la maison. La chambre était occupée par un lit et, dans un coin, en forme de L, il y avait deux matelas. Mon père m'a allongé sur l'un après me l'avoir préparé pour y dormir. Je suis resté les bras croisés à regarder le plafond en attendant que mon oncle rentre. J'avais très envie de pouvoir dormir dans son lit. Le temps me paraissait long en l'attendant, j'avais l'impression que j'avais veillé très tard, et en sursautant j'entendais les pas de mon oncle s'approcher de la porte. Je voulais lui faire une blague et me cacher derrière le rideau, pouvoir le faire rire pour qu'il craque et me laisse passer la nuit au moins dans la même chambre que lui, à défaut du même lit.

Mon sourire n'a pas duré, d'amusement, d'être fier de la blague que j'allais faire, mais j'étais surpris d'entendre une autre voix que celle de mon oncle, en plus de la sienne. Sur le coup, je ne savais pas comment me comporter et je ne comprenais rien. Ça durait et plusieurs bruits se mélangeaient dans lesquels je me perdais à ne rien distinguer, sauf une chose qui m'a fait immédiatement peur, j'avais l'impression que le ton de la personne avait changé brutalement qui répétait sans arrêt : « Je m'en fous, je veux de l'argent. » J'avais coupé toute respiration et je grelottais du froid qui rentrait par la fenêtre entrouverte derrière moi. J'essayais de regarder entre les rideaux et je voyais un homme qui tenait mon oncle par l'épaule en lui tirant les vêtements. Mon oncle me tournait le dos. De temps en temps, dans un mouvement brutal, je voyais un couteau dans l'autre main du type. Cette situation m'était étrangère, elle provoquait en moi une peur nouvelle, je commençais à sangloter en silence jusqu'à ce que je ne puisse plus me retenir. Mon contrôle de moi-même m'a échappé et je ne sais toujours pas à quel moment je m'étais décidé à crier : « Mon oncle, mon oncle. » Le type a été surpris par ma sortie, il ne savait pas d'où je venais. Il s'est enfui en courant. Je me suis précipité sur mon oncle par-derrière en le tenant entre mes bras autour de sa taille. Je ne me suis rendu compte que plus tard que ce moment-là avait duré très longtemps, en silence, où mon oncle était resté immobile, figé sur place.

« Tu ne dors pas encore ? » m'a-t-il dit. Et moi, ma tête collée sur la plus belle chute de reins que je connaisse : « Non, je t'attendais, c'est papa qui m'a laissé ici. » J'étais content qu'il ne remarque pas l'autre lit où je devais dormir et que mon père m'avait préparé, comme s'il semblait normal que je dorme à côté de lui ce soir-là. On s'était mis au lit, à me blottir contre lui en lui tournant le dos, lui me tenant tout entier avec son bras. J'étais tout petit et lui était tellement immense. J'ai gardé mes yeux ouverts pendant très longtemps dans la nuit, dans un mélange de sentiment de peur et de joie, que l'autre revienne et si content d'être là et mon oncle vivant, près de moi. Il s'était relevé un petit moment sans me prévenir et j'ai compris que c'était pour s'assurer que l'autre n'était plus dans ce coin de la maison. J'étais de nouveau bien qu'il soit de retour dans le lit. J'ai demandé si l'autre était là et j'ai immédiatement regretté de m'être tellement mêlé car j'ai failli finir dans une autre chambre, mon oncle m'a demandé de dormir ailleurs, que je serais mieux. Je me suis jeté sur lui, il était allongé sur le dos, en le suppliant : « Non, non. Laisse-moi rester avec toi. » J'ai senti quelque chose de très humide entre mon ventre et le sien. J'ai demandé avec un côté moqueur, comme si j'étais grand et qu'il fallait que je le gronde ou que je le fasse rire : « Tu as pissé ? » Mais la substance était épaisse. Immédiatement, il m'a pris de toutes ses forces, avec ses deux mains, par mes bras en me jetant de l'autre côté du lit, et une fois de plus je m'étais trop mêlé. (C'est ce souvenir qui me rendait honteux en allant chez lui, quand j'étais plus grand.)

Au réveil, je m'étais levé beaucoup plus tard que lui, en ouvrant mes yeux je le trouvai assis sur le bord du lit à me regarder. Il pleurait et en même temps il me prend le visage en m'embrassant partout. Je ne comprenais rien du tout de ce qui m'arrivait et pourquoi il agissait comme ça. Juste il me répétait : « Ne répète rien à personne, et surtout pas à ton père. » Dans mon esprit d'abruti, j'espérais que mon père évoque ça en disant : « J'ai entendu du bruit hier », pour que j'aie l'occasion de ne rien répéter de ce qui s'était passé la veille et faire preuve de ma discrétion, à corriger tout ce que j'avais fait qui me paraissait désastreux. J'aurais été fier de plaire à mon oncle, de savoir me tenir mieux cette fois-ci.

Pendant très longtemps, ce souvenir m'angoissait à chaque fois que je devais voir mon oncle, en face de lui ça m'intimidait énormément. De son côté il n'avait jamais fait allusion à cette nuit-là, alors que du mien je me posais beaucoup de questions sur ce qui s'était passé avec ce type. Il n'y avait qu'une chose qui me rassurait, qui rendait la chose moins noire, c'est que j'imaginais que si je n'avais pas été là, la fête se serait transformée en carnage, et encore pire on aurait perdu mon oncle. Je n'arrivais pas à comprendre que mon père estimait que maintenant j'étais suffisamment grand et que mon tour était arrivé d'aller parler avec mon oncle et d'essayer de lui faire du bien. Je n'arrêtais pas de détourner mon chemin en allant chez lui, je faisais de très grands détours pour avoir plus de temps à savoir comment lui parler et l'affronter. Et, surtout, j'avais peur de deux choses qui se mélangeaient dans ma tête, qu'il ne fallait pas que je déçoive mon père mais que j'arrive à un résultat, à en tirer le meilleur, et une autre chose, maintenant que j'étais grand, que je n'étais plus un enfant, qu'une fois de plus je devais essayer, quand j'étais avec mon oncle, de forcer une intimité, de la retrouver, quitte à ne pas réussir, au pire ma présence ne ferait que l'agacer.

Je suis arrivé devant chez lui, tremblant à pisser. Il n'y avait que des éléments qui me faisaient du mal, à me rendre désemparé. Mon père m'avait donné une clé au cas où mon oncle refuserait de m'ouvrir, que cette fois-ci il ne voulait voir personne, contrairement aux autres fois. Je n'ai jamais su comment les autres arrivaient à le sortir de son mal, de ses dépressions, et moi j'avais l'impression cette fois-ci d'avoir affaire à une plus grosse. Pour éviter d'être humilié, qu'il me refuse d'ouvrir, dans ma dignité de crétin j'aurais fait demi-tour sur le coup, j'ai choisi alors d'ouvrir tout simplement la porte avec la clé, tout ce que j'espérais, ce que je souhaitais le plus au monde, à cet instant précis, une fois dedans et en face de lui, c'était de lui décrocher un sourire pour moi, aussi prétentieux que ça pouvait paraître je préférais rester sur ce ton que j'avais choisi, je tenais à ça, que ma présence soit une joie. Lui, quand il venait quand j'étais petit, sa présence était perpétuellement une fête, ça lui correspondait, je voulais lui voler ce titre, ce pouvoir qu'il avait sur toute la famille, comme si ça allait être facile pour moi d'avoir une qualité d'être égale à la sienne.

Ma présence n'a pas fait le moindre bruit puisque ni la porte ni mes pas à l'intérieur ne l'ont réveillé. Mon oncle dormait profondément avec la radio allumée, ce qui rendait la situation plus lointaine et plus triste, tout ce qui venait de la radio, une musique que je trouvais plus que triste. Je me suis mis sur le matelas en face du lit, pendant un moment qui m'a paru trop long, aussi long qu'il ait été ça n'arrivait pas à me fatiguer de l'observer. Ses pieds dépassaient des draps, trop grands pour son lit. Je me suis rendu compte que j'étais toujours autant attiré par lui et que le peu de chose que je pouvais distinguer de son corps, comme s'il avait été nu, entièrement nu, était terriblement séduisant. J'aimais même ses orteils. Je changeais de position, à m'allonger et m'asseoir et jamais correctement, je n'arrivais pas du tout à prendre une position confortable qui pourrait me calmer psychologiquement.

Je sursautai à cause de la sonnerie du réveil qui était vers la tête de mon oncle qui se réveillait très doucement en dévoilant sa tête qui était écrasée en dessous de l'oreiller, c'est comme ça qu'il dormait. Ce geste m'avait fait sourire et m'a aidé à aller vers lui sans hésitation, sans que je me demande un milliard de questions, comment je pourrais l'aborder, justifier ma présence. Il s'est tourné vers moi, il a dû sentir mon poids quand je me suis assis. J'étais tellement surpris de sa façon de me regarder, on aurait dit quelqu'un qui se réveillait d'une longue nuit où il aurait profondément et bien dormi et que ma présence ne l'avait pas frappé. Il m'a à peine parlé, me disant juste : « Rachid », comme si j'avais passé la nuit entière à côté de lui, avec lui, et qu'au petit matin il m'embrassait. J'ai vu tout de suite dans ses yeux que je n'avais rien à faire de ce que mon père pourrait prétendre, et ce qui me réjouissait c'était que ma présence avait bon effet.

Mon oncle m'a pris de toutes ses forces, avec la force qu'il pouvait avoir dans ses bras, et cette fois-ci il m'a mis à côté de lui sur le lit, joyeusement et pas par agacement. Il a commencé à me cogner sur le ventre en jouant avec moi tellement il respirait la forme, on était partis dans des éclats de rire, il me taquinait, il me chatouillait, comme toujours quand on est au lit avec quelqu'un et comme il faisait toujours avec moi hors du lit, jusqu'à ce qu'il s'écrase sur moi, comme s'il était fatigué de s'être tellement démené sur moi, m'embrassant sur le visage plusieurs fois, jusqu'à ce que je commette une fois de plus une erreur, comme si mon comportement me manquait. Je l'ai embrassé sur la bouche, où moi j'ai bien senti ses lèvres, qu'on ne pouvait pas se tromper, que c'était bien distinguer un baiser par rapport à un bisou. Son comportement si délicat et si généreux a fait semblant de ne rien remarquer, comme si tout était normal. On est restés au lit longtemps, allongés sur le dos.

J'imitais mon oncle en croisant mes bras derrière ma tête.

J'ai commencé une fois de plus à mal m'exprimer, à justifier ma présence en disant que j'avais pris la clé à mon père qui m'a dit que tu ne serais pas là parce que je voulais regarder juste la télé, lui qui avait une parabole, je pouvais passer la journée à zapper. Il me répondait pourquoi je ne le faisais pas plus souvent. Ou alors : « Parce que tu es pris par ton professeur ? » J'ai eu peur qu'il veuille savoir des choses sur ma relation amoureuse avec mon professeur et, dans mon côté peureux et paranoïaque, j'ai cru que mon père m'avait envoyé exprès chez mon oncle pour qu'il me pose des questions, où j'en suis avec mon professeur ? Et j'ai répondu que je ne le voyais presque plus, ce qui était assez vrai, qu'on ne se voyait pas comme avant, amoureusement, mais qu'on se voyait. Je ne voulais pas poser de questions sur son moral ni comment il allait, de peur de rater et gâcher cette joie inattendue.

J'ai toujours rêvé que mon oncle m'emmène avec lui en voyage. Il voyageait énormément, il partait tous les week-ends et chaque fois qu'il avait des vacances. Il connaissait parfaitement le Maroc, de long en large. Mais la particularité de ses voyages, c'est qu'il roulait de nuit. J'étais hyperheureux qu'il me propose de partir avec lui quelques jours plus tard quelque part au Maroc. Je le couvrais de bisous et je lui disais, c'était la chose sur laquelle j'insistais : « On va partir de nuit », c'était une évidence pour moi. Il m'a répondu que non, qu'on ne partait pas de nuit, que cette fois-ci on prendrait la route dans la journée et qu'en plus ce n'était pas dit que mon père accepterait. Moi, j'étais sûr qu'il ne serait pas contre, qu'il ne s'opposerait pas à ce voyage. Je me faisais un raisonnement qui me satisfaisait et que je trouvais convaincant : mon père aime mon oncle et mon père m'aime, donc c'était gagné d'avance.

Je suis retourné chez mon père, laissant mon oncle se préparer. Si j'avais pu retrouver mon père tout de suite je l'aurais fait, j'allais tout droit, je ne faisais aucun détour pour rallonger mon chemin. Par moments je courais et à d'autres je sautais sur un seul pied tellement je débordais de joie à l'idée de revoir mon père content et souriant quand je lui annoncerais que mon oncle allait dîner avec nous ce soir, que non seulement il allait bien mais qu'on passerait toute la soirée avec lui. « Dieu merci », a dit mon père en me serrant très fort l'épaule. Je pouvais manger des kilos de gâteaux dans la boulangerie, chez mon père, comme si j'avais fait une grève de la faim, que j'avais été solidaire de mon oncle dans sa dépression. Me voir manger grossièrement les gâteaux faisait rire mon père. Je l'ai accompagné, je voyais que ça lui faisait énormément plaisir, faire les courses pour le dîner de ce soir-là. Il voulait qu'à la maison on prépare le plat préféré de mon oncle, les trides, des crêpes au poulet et au gingembre. J'adorais ça aussi, qui est très épicé. Je partais avec mon oncle quelques jours plus tard dans cette ville qu'il aimait beaucoup, et personne ne s'est opposé pendant le dîner à cette idée. Mes frères et sœurs trouvaient même que j'avais de la chance de partir avec lui.

Mon oncle m'a fait un mot d'excuse pour le lycée, je séchai le vendredi après-midi en partant avec lui pour le week-end. Le voyage durait près de quatre heures pendant lequel j'étais enfoncé au fond du siège dans sa Renault 18 gris métallisé qui était tellement propre, extérieur comme intérieur. Il me disait que d'habitude il roulait très vite, contrairement à ce jour-là. Il répandait sa gentillesse tout au long de la route en prenant des auto-stoppeurs qu'on déposait à chaque fois un peu plus loin. J'avais un point commun avec mon oncle, qui me fait toujours penser à lui, c'est les cimetières. Il m'a proposé de déjeuner, en achetant du picnic, dans le prochain cimetière qu'on pouvait trouver sur la route. Jusque-là, je n'avais jamais vu ce genre de cimetière, celui-là était sur une colline, il n'y avait que des pierres, des petites pierres qui sortaient de la terre, on aurait dit qu'elles poussaient, chaque pierre était le signe d'une tombe. L'herbe autour qui occupait tout le cimetière était noircie parce qu'on l'avait brûlée, ce qui donnait un côté triste et étrange, mais tellement beau avec le ciel bleu et le soleil qui rendait un village un peu plus loin blanc et très lumineux. De temps en temps, des enfants traversaient le cimetière. Notre couple les amusait et quelquefois leur provoquait des fous rires.

C'est « la Vache qui rit » dont je me souviens le plus comme nourriture ce jour-là, on l'avait mangée avec du pain tout chaud dont une vieille dame, traversant avec son pain qu'elle avait été chercher dans un four en terre plus loin, nous avait offert un bon morceau. Mon oncle paraissait tout petit, tout jeune, comme un enfant, il avait été considéré ainsi par la vieille dame qui nous avait souhaité : « Bon voyage, mes enfants. » La plupart du temps on se regardait, on s'échangeait des sourires la bouche pleine, comme s'il y avait un autre élément qui rendait notre complicité si forte. Je n'arrivais pas à mesurer ma joie d'avoir retrouvé mon oncle adoré, comme avant, et comme il m'aimait.

Il m'a annoncé qu'on allait dormir chez une vieille dame amie à lui. « Mais je te préviens : elle est spéciale, et chez elle, ça l'est aussi. » Je ne savais pas s'il voulait me faire une surprise ou pas. Ça m'amusait aussi de connaître moi-même l'endroit, je me réjouissais à l'avance. On est arrivés dans cette ville et rapidement on a été chez la dame. Elle était effectivement très vieille mais bien droite, aucun signe de fatigue ni de vieillesse n'apparaissait. Elle était habillée richement, en robe traditionnelle. J'étais fasciné par son torse, alourdi par les bijoux qu'elle portait. Je regardais tout le temps ses mains qui étaient tatouées. Elle m'a tout de suite reconnu, tellement elle avait entendu parler de moi par mon oncle, en disant : « C'est lui, le petit Rachid ? » Une deuxième question qui m'avait stupéfié qu'elle m'avait posée, c'était de me demander des nouvelles de mon père. Je n'arrivais pas à distinguer ce que je ressentais, si j'étais choqué ou juste étonné qu'elle connaisse mon père, et comme si elle voulait me rassurer en me disant : « Je ne connais que son existence et j'ai entendu aussi parler de lui par ton oncle. » « Il paraît que tu as le père le plus formidable qui existe », ajouta-t-elle. J'ai levé mon regard vers mon oncle en jubilant. À ce moment-là, mon oncle me prend la tête vers sa poitrine.

On buvait le thé quand un jeune garçon est venu, un jeune mec, qui s'adressait à la dame en baissant les yeux par terre, extrêmement timide : « Madame, les gens sont là. » Elle a fait signe pour qu'il s'en aille en se préparant pour se lever, en arrangeant sa robe. Elle avait beaucoup d'allure avec ses lunettes de vue. Son menton était tatoué. Je ne comprenais rien à ce qui se passait, contrairement à mon oncle qui avait une expression comme s'il connaissait tout par cœur. Elle prenait mon oncle par-derrière, sa main sur son dos, pour dire que nos chambres étaient prêtes. On aurait dit sa mère.

Quand elle a disparu, je me suis dirigé vers mon oncle et je montrais un visage de qui se posait des questions et avait envie de savoir. Mon oncle riait à moitié. « Je t'expliquerai tout à l'heure dans la chambre », dit-il. Chacun avait sa chambre, et moi j'avais une petite, mais la maison me paraissait très grande, avec beaucoup de pièces, plus un premier étage en forme de galerie, le tout donnant sur un patio avec une fontaine dont le bruit agaçait mon oncle, me dit-il. Il prenait soin de l'arrêter la nuit quand il dormait ici. « J'aimerais bien dormir avec toi », dis-je à un moment. Mon oncle m'a regardé avec un regard que j'ai interprété par : « N'exagérons pas. » Je suis entré avec lui dans la chambre. Je me suis à moitié allongé sur le lit, mon visage près du sien. « C'est une voyante, me dit-il. Elle reçoit beaucoup de gens pour lire leur avenir. » Elle lisait dans un œuf que la cliente ou le client lui apportait. Entre le moment où on est venus et le dîner, elle avait reçu pas mal de gens.

Avant de la rejoindre pour dîner, j'ai senti mon oncle tout bizarre quand il m'a pris la main entre les deux siennes, il avait des choses très importantes à me raconter. « Je me suis servi de ce voyage pour t'emmener avec moi exprès pour te dire des choses qui ne vont pas forcément te plaire. » J'ai commencé à me sentir mal, en plus il exagérait avec ses deux mains, il me caressait les épaules et posait de temps en temps sa main sur mon cœur comme si j'avais froid ou pour me calmer. « Je ne suis pas ton oncle », me dit-il. Sur le coup, je ne comprenais pas du tout ce qu'il voulait dire, il n'arrivait plus à continuer ce qu'il voulait dire, il articulait très mal ses mots, c'en était émouvant de le voir trembler. Il prend sa tête entre ses deux mains pour se maudire, regretter ce qu'il allait me dire, ce qu'il venait de me dire. Mais il a continué quand même à me faire du mal, qu'il n'a jamais été mon oncle, qu'il était simplement le meilleur ami de mon père et qu'il était presque comme l'un de mes frères puisqu'il avait grandi auprès de mon père, que depuis le jour où j'ai commencé à le sur-nommer « mon oncle » ça avait été un ordre de mon père de me laisser l'appeler comme ça et que tout le monde m'a laissé me tromper, que soi-disant, comme j'étais le dernier de la famille, mon père était trop attentionné par rapport à moi, disait-il, il répétait sans cesse que j'avais le père le plus formidable qui soit. Je me suis rendu compte que je pleurais juste de tout ce que lui provoquait comme émotion, à le sentir tellement mal. Et comme mes quatre vrais oncles, on les voyait très très rarement, et que mon père ne les aimait pas, et que c'était des gens pas bien, mon père était content que j'aie un oncle comme celui qui était en face de moi et qui m'aimait tant.

Il était très étonné de voir à quel point pour lui j'avais bien réagi alors qu'il s'attendait avec ce qu'il allait me dire à un désastre, que j'aurais pu ne pas le croire, par exemple, et que je trouve juste que c'était une blague. Juste avant le dîner, j'ai demandé à mon oncle de ne rien dire à la dame quand on allait être avec elle, de m'épargner un moment difficile à passer. Je n'arrivais pas à terminer le reste de la soirée avec eux, il m'a même demandé si je pouvais dormir près de lui. J'ai refusé, je voulais être seul. Je me suis enfermé dans la chambre à supposer ce qui se serait passé la nuit presque collé à lui, dans le même lit. La chose qui m'effrayait le plus, c'est à mon retour d'imaginer la tête de mon père quand il apprendrait la nouvelle, j'étais persuadé que mon père ne lui avait jamais demandé ça, de me dire la vérité. Mon oncle, mon faux oncle, ne m'a dit qu'après, le lendemain, que c'était vrai, il m'avait parlé sur un coup de tête, n'aurait jamais dû, il regrettait et avait peur de la réaction de mon père.

Je n'arrivais pas à dormir et j'ai décidé d'aller sur la terrasse, j'ai mis un temps fou pour trouver l'escalier tellement la maison était grande et labyrinthique. Je suis resté longtemps sur la terrasse de laquelle, ce qui était amusant, on pouvait voir les patios des autres maisons. Je commençais à me sentir assez bien et assez froid pour redescendre dans la chambre. Au moment où je descendais, j'ai jeté un coup d'œil à l'intérieur du patio, et dans le peu de lumière qu'il y avait en bas, j'arrivais à distinguer deux silhouettes, mon oncle traversant la maison avec un garçon.

Je ne sais pas par quel pouvoir je me sentais hypermal de ce que je venais de voir, je ne me suis pas du tout posé de question, ce que j'ai compris c'est qu'ils allaient tout de suite dans la chambre. J'allais quand même rentrer dans ma chambre et une fois de plus je revoyais tout, et les images de la nuit du mariage défilaient devant mes yeux, et j'ai compris immédiatement que le garçon qui avait failli tuer mon oncle avait sans doute été ramené comme celui de ce soir. Je commençais vraiment à être mal en ouvrant la porte pour rentrer me coucher. Voilà que je vois un autre couple sous les arcades du patio de l'autre côté de la maison, et cette fois c'était un homme et une femme, je ne comprenais rien à ce qui se passait dans cette maison. Je m'apprêtais à passer une nuit blanche mais j'ai dormi une fois que j'ai entendu le bruit d'une porte, je suis sorti immédiatement pour voir, c'était le garçon qui partait. Je me disais qu'il y avait une chose au moins, que mon oncle ne serait pas attaqué.

J'ai été réveillé par mon oncle qui me proposait d'aller prendre un petit déjeuner dehors puisqu'il faisait tellement beau. Je n'arrivais plus à le regarder. Mon silence le glaçait, à ne pas pouvoir me poser des questions, juste quand je croisais son regard il essayait de me faire sourire. Je l'ai laissé un moment au café et j'avais envie d'aller acheter une carte, je me suis rendu compte que j'ai choisi n'importe laquelle, pour essayer d'avoir un peu plus de force en revenant vers lui, m'absenter un petit moment. J'ai eu envie d'écrire un mot à mon professeur, la photo de la carte était des femmes habillées en noir et blanc et le titre derrière « Femmes en noir et blanc ». Mes yeux étaient figés pleins de larmes qui m'aveuglaient à regarder sur la table en tenant mon stylo, je n'arrivais pas à le regarder lui qui essayait avec son genou contre le mien d'attirer mon attention. Il me posait la question si je savais ce que j'allais écrire, j'ai dit : « Non », mais qu'il pouvait m'aider si je voulais. Je trouvais drôle ce qu'il m'avait cité mais je n'arrivais pas à rire. Sa phrase était : « Ici les femmes sont en noir et blanc, mais dans les yeux de mon oncle je vois les garçons en couleur. » Mon regard était un mélange de stupeur et de tristesse, j'arrivais à peine à sourire. Lui en rougissant : « Ce qui est bien avec toi, c'est qu'on n'a

33

pas besoin de tout dire. » Il trouvait que j'avais de la chance d'être né et d'avoir grandi, enfant heureux, au Maroc. Je trouvais ça tout bizarre, comme si lui venait d'ailleurs. Il ajoutait qu'en plus j'avais la chance d'avoir un père pareil et que c'était dur d'être adulte dans ce pays. Avec un sourire triste, il disait : « Moi aussi, j'ai eu ma part et j'en ai profité, de ton père. »

En rentrant à Rabat, mon oncle m'a raconté que la femme chez qui nous étions était réellement une voyante, mais que de temps en temps ses amis utilisaient sa maison pour amener leurs amours, qu'il y avait des hommes qui amenaient des femmes et d'autres qui amenaient des garçons.

Personne à la maison ne s'était aperçu de quoi que ce soit sur moi, de mon comportement. J'avais peur de m'effondrer en voyant mon père. Ce n'est que quelques jours plus tard où mon père me parlait de mon oncle et dans ma malveillance, je parlais de lui par son nom, mon père était surpris, presque choqué, c'est à ce moment-là que je lui ai tout dit, ce que j'avais appris. Je n'aurais jamais pu imaginer à quel point ça pouvait le mettre mal, en se posant la question de quel droit mon oncle s'était comporté comme ça. J'ai regretté ensuite de lui avoir parlé et je voyais à quel point il l'aimait quand il me répétait : « Mais il ne cherche pas à te faire du mal. C'est juste qu'il est dans un moment difficile de sa vie. » Je lui ai coupé la parole en disant que je l'adorais toujours autant.

La mort de mon oncle a été la chose la plus horrible, je crois, que mon père a connue. Il s'est tué en voiture. C'était un peu moins de deux ans plus tard. Il voyageait de nuit. Je n'ai jamais connu une réaction pareille, le jour en apprenant la nouvelle mon père s'est endormi plus de vingt-quatre heures tellement il aimait son ami.

LUC

J'avais pris l'habitude de le voir, depuis presque une semaine, au même café, en fin d'après-midi, après mes cours. C'était toujours lui qui arrivait le premier, puisqu'il n'avait rien à faire, il était le plus libre de nous deux. J'adorais ces moments-là. J'ai commencé à m'inquiéter de ne pas le voir arriver et finalement je suis allé à son hôtel. À la réception, j'ai vu que sa clé n'était pas accrochée. J'étais content de pouvoir au moins lui parler au téléphone. On me l'a passé. « Excuse-moi, Rachid. Je me sentais mal tout à l'heure, au point de ne pas pouvoir sortir. J'ai marché toute la journée dans Rabat. » J'ai demandé si on pouvait se voir le lendemain. Il m'a rassuré en me disant : « Bien sûr que oui », en s'excusant de m'avoir fait attendre.

Luc, je l'ai rencontré au feu. Il était immense. En attendant sur le trottoir, je sentais qu'il me regardait et c'était plus facile pour lui puisqu'il me dépassait, alors que moi j'avais à lever la tête et ça m'intimidait. En arrivant en face après avoir traversé au rouge : « Ça fait un moment que je t'observe, depuis le bas de l'avenue », me dit-il. J'ai répondu : « J'ai vu. » « Tu es de Rabat ? » Je réponds : « C'est plutôt à moi de poser cette question. Tu ne fais pas très marocain. » Il m'a proposé, si je n'étais pas trop pressé, de prendre un verre avec lui. J'ai dit : « Oui, bien sûr, je veux bien un Coca. » Ça faisait trois jours qu'il était à Rabat. Mais Luc y était né et y avait grandi jusqu'à l'âge de quinze ans. Ça me faisait plaisir de l'entendre me raconter des histoires qui parlaient de Rabat. Il avait l'air fou de joie de revenir pour la première fois depuis qu'il avait quitté le Maroc avec ses parents. « J'avais très envie de t'aborder, mais je n'ai aucune envie de faire l'amour avec toi », me dit-il. Je sentais qu'il y avait quelque chose qui n'allait pas chez lui, ou plutôt quelque chose dont il avait envie de me parler. On s'était vraiment habitués à se voir et ça me faisait plaisir que pour lui j'étais l'événement le plus important depuis le début de son séjour. Je voulais le présenter à Antoine, qu'il vienne dîner un soir chez nous. Mais il n'osait pas, il préférait rester seul, plutôt que de me voir avec Antoine. J'avais peur qu'il change d'idée sur moi, qu'il s'approche plus de moi, ou qu'il soit jaloux, puisque je n'arrêtais pas de parler d'Antoine, à chaque fois que je le voyais. Luc, je ne le désirais pas. Mais j'étais content d'être avec lui.

Quelques jours plus tard, je devais partir avec une amie à moi, une fille avec qui on s'aimait beaucoup, que je ne connaissais que depuis deux ans et que je n'avais vue que très peu, que pendant les grandes vacances, et qui connaissait très bien Antoine, en plus ils s'entendaient bien. Je devais la rejoindre à Tanger, où Salma devait amener sa petite amie, une Américaine, pour retrouver son petit ami dont elle était plus amoureuse que de sa copine. Elle était prof d'anglais. Et comme on partait pour quatre jours, j'avais envie de proposer à Luc de m'accompagner. J'étais content quand le lendemain, quand on s'est vus, il a accepté, et que même ça lui faisait énormément plaisir de visiter Tanger. C'était pendant le week-end, il y avait un pont. J'ai pris la route avec Luc, il avait loué une voiture. Salma devait être là-bas, à Tanger, puisqu'elle partait de Fez. Il faisait chaud, et de temps en temps on s'arrêtait, la conduite le fatiguait. Je voyais bien qu'il souffrait de quelque chose, son état de fatigue était visible en permanence. Mais il était tellement content, joyeux. Il était très ému tout le long du voyage par les paysages. À des arrêts, il faisait des croquis qu'il ne finissait pas. Il était prof de dessin à Paris.

Pour le déjeuner, il voulait qu'on s'arrête à Larache, exprès pour aller sur la tombe de Jean

Genet qu'il admirait beaucoup. Il m'a parlé pendant une partie du voyage de Genet et de ses œuvres et de son amour pour le Maroc. Luc trouvait que je n'étais pas curieux de savoir ce qu'il aimait comme garçons, que je n'essayais pas de savoir. J'ai répondu que je ne savais pas, que c'était à lui de m'en parler plutôt, mais qu'en tout cas je n'étais pas son genre. « J'aime les très jeunes garçons », me dit-il, mais que ce n'était pas vrai ce qu'il m'avait dit au départ, qu'il ne cherchait pas à faire l'amour avec moi, qu'au contraire il avait envie mais qu'il préférait juste être avec moi, que c'était plus beau. Il me dit : « Ça fait au moins dix ans que je n'ai pas touché un garçon de l'âge que j'aime. La dernière fois que j'ai été avec un garçon, j'ai été surpris par ma famille. Ça m'a valu une grosse dispute et j'ai été presque exclu de la famille. » Luc commençait à me parler de sa famille, qu'il haïssait. Il leur reprochait tout, il disait qu'il n'avait fait que des choses malheureuses dans sa vie. Ses parents ne s'entendaient pas tellement bien, il avait eu une enfance malheureuse.

Je ne savais pas l'âge qu'il avait exactement, mais il avait un peu plus de trente ans. Il disait une chose qui m'avait frappé, qu'il se sentait infiniment vieux et infiniment laid. « Je suis trop grand et trop laid », disait-il. Il avait un frère plus jeune que lui qui avait toutes les chances pour être heureux, plus beau et mieux fait. « Je suis

sûr qu'il te plairait, Rachid », dit-il. J'ai été très
ému de l'entendre parler de lui et s'apitoyer sur
son sort. Il pleurait, il avait des larmes qui se
mélangeaient à la sueur sur son visage. Il faisait
très chaud. Je ne savais pas quoi faire, comment
lui faire du bien. Je le sentais déchaîné sur lui-
même, et que je n'avais qu'une chose à faire, par
respect, c'était de l'écouter.

« Mon enfance au Maroc a déjà été malheureuse malgré le pays que j'aimais. Mais ce que
j'ai vécu en rentrant à Paris était largement plus
désastreux. Ça fait plus de dix ans que je ne vois
presque plus ma famille, à part mon frère, et lui-
même me met à l'écart de ses enfants, quand il
peut. Comme une fois, je souhaitais faire venir
l'un de mes neveux à Paris. Mon frère m'avait
plus ou moins fait comprendre que ce n'était pas
le moment, que ses enfants étaient trop jeunes,
pas encore majeurs, pour être avec moi pendant
les vacances. Ça m'avait tué. Je ne voulais pas
revenir au Maroc qui pour moi était un souvenir
de malheur. Je ne fréquentais qu'un milieu que
je n'aimais pas, à Paris. Je ne me trouvais pas
assez beau pour aller me montrer dans les lieux
de rencontre. Il n'y avait que la nuit, je sortais
me réfugier dans les back-rooms. Je savais qu'au
Maroc je pouvais trouver mon bonheur auprès
des jeunes garçons que j'aime. Mais je refusais
ça. Paris m'a transformé en cadavre. Je suis
désolé, Rachid, mais je t'annonce comme ça,

brutalement, je suis atteint du sida. » À ce moment-là, il s'est retourné vers moi, gêné. « Je ne sais pas quoi te dire, mais c'est spécial pour moi d'apprendre ça. Ça m'assomme », lui ai-je répondu. Je lui ai pris le genou en espérant qu'il arrête de parler. J'ai gagné un sourire.

En arrivant à Larache, pour déjeuner, on a trouvé un restaurant en plein centre, et sur la terrasse, Luc n'arrêtait pas de faire des commentaires à l'avantage du Maroc par rapport à la France. Tout ce qu'il comparait était meilleur ici. On aperçoit un garçon qui avait l'air plus jeune que moi, qu'on trouvait très beau. Je voyais que ça faisait plaisir à Luc de l'observer. Le garçon n'a pas arrêté de faire des allers-retours devant la terrasse. On s'apprêtait à partir, on était montés dans la voiture, à ce moment-là, le garçon s'approche de la voiture, il se baisse vers la fenêtre du côté de Luc et dit : « Salut les amoureux. » Luc répond : « Ça t'arrive de te tromper ? » Le garçon : « Jamais. Je suis sûr que vous venez visiter Jean Genet. » Luc lui dit : « Apparemment, tu ne te trompes jamais. Monte dans la voiture. » Il monte, il se présente : « Je m'appelle Abdallah. » De près, il était encore plus joli, un peu blond. « Comment ça se fait que tu parles si bien français ? » lui demande Luc. « Avec mon ami français », répond Abdallah. Il avait l'habitude d'emmener des couples, et spécialement des garçons, pour aller sur la tombe de Jean Genet. Il a vécu avec son ami pendant un an, qui lui a appris à parler si bien le français et à qui il en voulait après qu'il l'avait quitté en rentrant en France à la fin de sa coopération, c'était un prof.

« Depuis qu'il est parti, j'ai quitté l'école et je sers de guide, mais pas dans les lieux touristiques, c'est juste quand je repère des amoureux, comme vous, soit qu'ils veulent juste que je sois avec eux, soit qu'ils veulent aller sur la tombe de l'écrivain sauvage. » On lui a demandé pourquoi il disait « l'écrivain sauvage », c'était son ami qui lui avait appris ça. On se regardait avec Luc avec amusement et on avait l'air contents. On est arrivés au cimetière sur une colline qui surplombait l'Atlantique, plutôt déglingué, ce n'était pas un cimetière musulman, il y avait des croix. Sa tombe était très modeste, si Abdallah ne nous l'avait pas montrée on ne l'aurait pas trouvée, il n'y avait rien dessus. « Je connais tout sur Genet, dit Abdallah, et aussi la maison où il allait chez son ami marocain. Il est mort d'ailleurs d'un accident de voiture qu'il s'était achetée avec l'argent de l'héritage de Genet. » Luc lui demandait s'il couchait beaucoup avec les touristes. « Oui, ça m'arrive. » On lui a demandé s'il aimait les hommes. « Au départ, pas vraiment, mais maintenant j'ai pris l'habitude avec mon ami et j'aime ça. De toute façon, je suis le plus beau de la ville. » Il était très beau, vraiment.

Je lui ai demandé s'il avait des problèmes avec les gens. Il m'a demandé comment je m'appelais. J'ai répondu. Il m'a dit : « Tu sais, Rachid, si tu ne veux pas avoir de problème, moi, d'abord, je me suis fait presque tous les flics, et depuis je peux faire ce que je veux. Je sors la nuit et je connais tous les secrets de la ville. Quand il fait beau, je passe d'une terrasse à l'autre et j'apprends énormément de choses. » Abdallah rêvait d'aller à Paris. « J'irai, j'en suis sûr, et mon ami je l'écraserai quand il me verra là-bas. J'aurai beaucoup de succès, et peut-être je deviendrai une star. » Luc était fasciné par lui. Luc lui demande s'il connaissait Tintin. Il répond : « Non. Qu'est-ce que c'est ? » « Tu vois que ton ami ne t'a pas tout appris. C'est de la bande dessinée et il y a un autre personnage qui s'appelle Abdallah. » Moi non plus, je n'étais pas très au courant du personnage d'Abdallah dans *Tintin*. « C'est des pédés ? » dit-il. Luc était gêné, il a éclaté de rire : « C'est possible. » On est restés avec lui toute une partie de l'après-midi et c'était très agréable, et plutôt drôle. Luc lui a donné de l'argent. Il nous a demandé, comme on repassait par là au retour, qu'on lui achète un walkman à Tanger, il aimait beaucoup Michael Jackson, il passait son temps à l'écouter. Sur la route, Luc me propose qu'on aille à Villa de

France, que ça lui ferait plaisir d'aller dans l'hôtel où Henri Matisse peignait.

On est arrivés à l'hôtel Villa de France. C'est une très grande vieille maison pas tellement bien entretenue. Je pensais qu'on allait prendre une chambre à deux et j'étais surpris que Luc veuille que chacun ait la sienne, séparée. J'ai dû téléphoner à Salma à l'hôtel où je devais la rejoindre et je me suis excusé d'avoir été en arrivant à Villa de France avec Luc dont je ne lui avais pas parlé. Elle, comme d'habitude, tellement gentille, ça ne la dérangeait pas de changer d'hôtel, avec ses amis, et de venir à Villa de France. Elle trouvait ça plus agréable, d'être réunis. Ils avaient pris deux chambres dans le même couloir que nous. Luc a réussi à obtenir la chambre de Matisse. Il peignait et s'amusait à reproduire le tableau connu de la vue de la chambre. J'ai fait connaissance avec le copain de Salma. Mais j'ai été surpris par sa froideur et sa distance par rapport à moi. On avait pris un verre en fin d'après-midi et son indifférence à mon égard me mettait mal à l'aise. Je voyais que nos regards, quand ils se croisaient, ça lui posait un problème. Mais ça me faisait tellement plaisir que tous aient sympathisé avec Luc, ils trouvaient Luc agréable, c'était évident. Je me suis mis à l'écart un moment avec Salma seule pendant que Luc et l'ami de Salma faisaient une partie d'échecs. Je n'ai pas osé lui parler de l'attitude de son ami vis-à-vis de moi mais j'espérais qu'elle s'améliore pendant les trois jours à venir, ce serait plus agréable pour tout le monde.

J'aimais beaucoup cette fille, avec elle j'apprenais des choses et c'était comme ça dès le départ, dès le jour où je l'ai rencontrée. C'était dans une auberge au bord de l'Atlantique où Antoine m'avait laissé pendant un mois, chez des Français qu'on connaissait qui tenaient cet endroit, lui passait l'été en France chez ses parents et il préférait me savoir chez ces amis-là. Le patron avait été plaqué par son serveur, et j'observais Salma en maillot de bain faisant le service pour aider le type, c'était une cliente. Je me rappelle que je passais des heures avec elle après le dîner à échanger nos histoires, et la terrasse était très agréable pour regarder le ciel bourré d'étoiles. Ça lui faisait plaisir de me présenter son petit ami qui était moitié français moitié marocain, vivant en France. Elle en était très amoureuse parce qu'il était très beau et que ça se voyait que c'était quelqu'un de bien. Je le lui ai dit, elle était contente.

J'ai récupéré Luc pour aller faire un tour dans la vieille ville de Tanger avant le dîner. Il se réjouissait, au retour, de fumer du haschisch avec la bande, le garçon le lui avait proposé pendant qu'ils jouaient ensemble. On était sur une terrasse de café, dans la soirée, il faisait encore beau, presque aussi chaud que dans la journée.

Il était frappé par la présence de vieux pédés européens dans cette ville. Il me disait : « Je ne vois jamais ce genre de vieilles folles à Paris », que ça ne pouvait pas exister dans le métro parisien, dans des lieux publics, mais qu'il trouvait que c'était totalement accepté au Maroc.

On marchait à un moment vers la médina, on croise un jeune garçon que je trouvais très beau, je disais à Luc que c'était tout à fait le genre d'Antoine. Le garçon a remarqué mon regard parce que je me suis retourné, il m'a fait signe de m'arrêter. Il m'a demandé l'heure, pour tout de suite après me dire : « Non, ce n'est pas vrai, ce n'est pas l'heure que je veux savoir, c'est juste pour t'aborder. » Il a compris immédiatement par mon accent que je n'étais pas de Tanger. Ça me plaisait assez d'être moi abordé par un jeune sans me sentir mal, une situation dont je n'ai pas l'habitude. Il m'a demandé ce que je voulais au clair, ce que je cherchais avec lui. Ça faisait sourire Luc et je voyais qu'il était estomaqué par la franchise de ce garçon. Je me suis retrouvé bizarre et je lui ai dit que je ne le draguais pas spécialement mais que comme ça c'était assez bon. Il m'a répondu : « C'est dommage, parce que, moi, j'aurais aimé, je viens de faire l'amour avec mon petit ami. » On a trouvé ça amusant, la situation me plaisait, c'était en pleine rue, avec beaucoup de passants faisant des allers-retours, c'était une rue commerciale. J'avais envie de savoir l'âge qu'il avait, son petit ami. Il m'a répondu qu'il avait quatorze ans et que son chauffeur venait de le déposer. On a bavardé un peu et puis il est parti. Luc trouvait ça génial, qu'il avait l'impression de vivre des choses qui lui faisaient énormément plaisir et je voyais que son séjour se passait bien et ça me réjouissait.

Je voyais l'heure du dîner s'approcher et je m'inquiétais à l'idée de la passer en face de l'ami de Salma. Je m'étais fait vraiment à l'idée que je lui étais insupportable et ça m'était insupportable d'être transparent. Je suis allé voir Luc avant de sortir dîner, en pensant qu'il était prêt. Je suis entré dans la chambre après avoir frappé trois fois à la porte, ça avait duré longtemps, j'avais l'impression qu'il ne voulait pas ouvrir immédiatement, et en définitive il m'a ouvert et j'ai senti dans son regard, qui n'était pas sur moi, qui était plutôt par terre, il était en train de se changer, que son corps squelettique le gênait, ça le gênait d'être en face de moi, plus que moi. J'ai essayé de le mettre plus à l'aise et, désemparé, ne sachant pas quoi faire, j'ai fait n'importe quoi en essayant de rendre la situation normale et je me suis rendu compte que j'en rajoutais, de le prendre par l'épaule et de lui faire un bisou en disant que j'étais content de notre journée. Je m'en suis voulu après d'avoir tant insisté, je m'en suis voulu de ma présence, d'avoir été si lourd.

On a rejoint Salma qui avait une idée avec les autres, d'aller manger à l'extérieur, dans un restaurant qu'elle connaissait, populaire, mais surtout un endroit de prostituées femmes où les hommes viennent pour boire de la bière, se saouler la gueule, elle disait que l'ambiance était amusante là-bas. Sur le chemin, je parlais avec Salma, elle me tenait par la taille comme d'habitude, débordante d'affection, exagérément mais j'aimais bien ça. Elle regardait Luc avancer avec son ami devant nous, je sentais qu'elle allait me parler de lui, tout du moins me poser une question. Elle disait : « Je pensais que vous étiez ensemble. » Je me suis surpris par ma brutalité, de répondre : « Non », deux fois, « Non. Non ». Elle m'a regardé et je me suis senti mal d'avoir été sur la défensive comme si on m'attaquait. Dans sa délicatesse habituelle, elle disait qu'elle le trouvait adorable et qu'elle l'aimait beaucoup, qu'il était très touchant. En voyant que sa copine américaine n'était presque pas présente, elle n'adressait pas la parole aux gens, elle parlait très peu, et le fait que l'ami de Salma ne lui adressait pas la parole non plus, ça me rassurait, c'était comme si ce n'était pas moi qui étais exclu. Mais elle devait être sûrement jalouse. Salma me disait que du moment qu'elle fumait, ça lui suffisait, à sa copine.

Le restaurant était très bruyant, avec une musique populaire, une grosse femme dansait dessus, se déhanchant d'un homme à l'autre qui lui mettait de l'argent autour de la taille et sur les seins. C'était évidemment un endroit de prostituées vulgaires et d'un kitsch insupportable. Je me sentais tout à coup bien et j'étais entouré de Salma et de Luc à table. Le fait d'avoir l'autre en face de moi tout d'un coup ne me posait pas un problème. Je m'étais fait une raison d'être là, à passer des vacances avec Salma, et j'étais très heureux que mon voyage, que j'avais prévu, se soit transformé complètement depuis que j'avais rencontré Luc, et par-dessus tout j'avais envie qu'il soit, lui, heureux, et ça ça m'apportait beaucoup et ça m'aidait.

Cela dit, l'autre me plaisait. Il était là, présent dans ma tête et en face de moi. Ils ont commandé à boire, de l'alcool évidemment. La seule chose que je voulais n'existait pas dans ce restaurant, c'était un jus d'orange. Ça me plaisait beaucoup et ça rendait la situation beaucoup plus souple de les voir bavarder même si je ne participais pas tellement, ça me donnait l'impression que j'étais si petit, de rester, moi, muet. Le serveur vient vers moi me dire qu'il y avait une dame au bar qui m'appelait. Ça a amusé la table, et ma réaction, ou plutôt mon inquiétude, c'était de voir le visage de l'ami de Salma, quelle expression il prenait en entendant ce qui m'arrivait, et je voyais que son visage s'éclaircissait, un sourire que je ne connaissais pas, à le rendre encore plus beau.

Je me suis dirigé vers le bar. Elle était très grosse, mais plutôt une rondeur qui la rendait sexy. Elle m'a dit qu'elle allait me préparer un jus d'orange, qu'elle avait quelques oranges, que c'étaient celles qu'elle réservait pour elle, mais qu'elle aimait bien ma tête, que c'était pour ça qu'elle m'en faisait cadeau. Je l'ai remerciée mais en faisant une réflexion que je trouvais très impolie de ma part, que, à l'entendre dire le mot « réserver », « réserver ces oranges », j'avais l'impression qu'on était dans un pays qui n'en cultivait pas du tout, surtout au nord. Je me suis repris en m'excusant mais ça ne la dérangeait pas du tout, ça la faisait plutôt rire. Elle avait une dent en or qui rendait son sourire éclatant, je la trouvais très désirable, j'imaginais comment les hommes pouvaient l'aimer. Je lui ai demandé si elle était la propriétaire du lieu, elle m'a répondu que si elle avait de l'argent elle serait ailleurs, mais qu'elle était obligée. Elle m'a dit : « J'ai un fils plus jeune que toi. » Tout de suite j'ai demandé l'âge qu'il avait. « Quatorze ans. » Je me suis retourné vers la table en regardant Luc qui me regardait avec les autres en me faisant des signes pour me faire comprendre que j'avais tardé, en restant si longtemps au bar. La dame leur a fait signe avec la main qu'elle pressait les oranges, en les montrant.

Je ne sais pas mais le chiffre « quatorze ans »
me faisait du bien, m'aidait à avoir un regard
tendre vers Luc. La dame disait encore que ça
ne lui plaisait pas de rester tard en laissant son
fils à la maison s'ennuyer. « J'aime beaucoup
mon fils. Il est magnifique. » Je lui ai demandé
s'il était seul à la maison. Elle a dit que le plus
dur pour elle, c'étaient les vacances, où il avait
aussi toute la journée à rester seul sans aller à
l'école. Je lui ai dit : « Comme ce week-end ? »
J'ai continué à profiter de la situation en lui
disant que j'étais en vacances avec mes amis en
voyage et qu'on partait dans deux jours, que le
lendemain on allait sur la plage et que si ça lui
faisait plaisir on pourrait emmener son fils avec
nous. Elle a dit tout de suite avec une bonne
voix réjouie : « Oui », en se reprenant aussitôt :
« Je vais réfléchir », en regardant vers la table. Je
suis revenu à table avec mon jus d'orange, sourire jusqu'aux oreilles, et pendant tout le dîner je
ne pensais qu'à son fils. Je me réjouissais qu'elle
accepte. Je me suis senti si fort et à la fois tellement détaché de l'ami de Salma qui, par je ne
sais quel miracle, commençait à avoir un côté
bouche bée sur moi quand je racontais ce qui
venait de m'arriver, de quoi je parlais avec la
femme. Je trouvais l'endroit tout d'un coup beau
et amusant.

Luc m'a pris le genou à un moment. Je l'ai
retiré en le repoussant, par peur que cette

femme voie. Tout le monde était d'accord pour qu'on aille à la mer le lendemain. Il y avait deux voitures et j'imaginais le garçon avec Luc et moi, derrière, dans la voiture. Je priais vraiment Dieu pour qu'elle accepte que son fils vienne avec nous. Je me retournais vers elle sans arrêt, vers le bar, en essayant de capter son sourire, et j'avais l'impression que le mien était exagéré. Je tremblais au moment de l'addition et au départ. Luc me proposait de venir avec moi au bar, je l'ai repoussé en disant : « Non, non. » J'ai regardé Salma, elle a compris qu'il fallait qu'elle vienne avec moi vers la dame, et on y est allés. La toute première chose qu'elle a dite, ç'a été que demain je ne m'ennuierai pas avec les vieux, et je l'ai remerciée, je n'arrêtais pas de la remercier. Elle a quitté le bar pour nous raccompagner à la porte. J'avais peur que Salma gâche tout en posant la question si son père ne serait pas mécontent, alors que moi j'avais un doute, que le père n'existait pas. Elle a dit avec un sourire un peu triste qu'il n'y avait pas de danger. Elle nous a donné rendez-vous le lendemain dans le Grand Socco dans un café précis, à une heure précise, en fin de matinée. Elle disait que son fils allait être content. Et moi je l'étais d'avance.

On est tous rentrés à l'hôtel. En se séparant, à la réception, je sentais une atmosphère très agréable, chacun de nous était content de la soirée. J'ai raccompagné Luc dans sa chambre, il voulait être avec moi un petit peu avant de se coucher. Il m'a dit qu'il croyait ne plus pouvoir ressentir de bonheur, mais ce qu'il venait de vivre le rassurait pour le restant de sa vie. Je le sentais tellement bien que c'en était émouvant. Je suis ressorti de chez lui, je voulais me mettre sur la terrasse, vers la piscine de Villa de France. C'était magnifique, un endroit au cœur de la ville, je voyais un peu le port de Tanger, les sorties et les entrées des bateaux me rendaient juste un petit peu triste parce que ça me faisait penser à ce rêve d'aller en Europe, j'aurais tellement voulu qu'Antoine m'emmène avec lui. Mais la personne à laquelle je pensais le plus pendant ce laps de temps où je me trouvais seul, j'avais même envie qu'elle soit là, ça me faisait quand même plaisir de l'imaginer avec Salma. Je commençais à être pris par lui en revoyant son regard tout le long de la soirée. J'avais très envie de le toucher.

Le lendemain, on s'est retrouvés tous où j'avais été la veille, à la piscine. On prenait tous le petit déjeuner, je me sentais juste pas très net de ce que j'avais mangé la veille mais je n'avais aucune douleur. Je n'avais aucune idée de ce que j'avais mangé, non plus, mais j'avais bu le meilleur jus d'orange de tout Tanger, de la meilleure maman. On est arrivés à l'heure pour la retrouver au Grand Socco. Le soleil était éblouissant. Il commençait à faire chaud. Elle était là et son fils aussi, Ali. Il était tellement beau que c'était frappant, on avait l'impression d'être déjà là et que lui soudain apparaisse. J'ai été la première personne à qui elle l'a présenté. Elle me l'a confié après avoir pris un verre avec nous au café. Elle s'exprimait très bien en français. Elle était aussi belle, on voyait moins sa rondeur sous sa djellaba qui lui allait très bien. En partant, elle m'a pris à l'écart en me disant, et ça m'avait plu comme elle s'adressait à moi : « Rachid, mon fils, s'il te plaît, ne lui posez pas trop de questions sur ses parents. Ali parle trop et je n'aime pas trop ça. » Je ne savais pas quoi dire, je faisais juste signe avec la tête comme si j'obéissais.

Ali était avec Luc et moi dans la voiture, derrière. On s'est arrêtés un moment pour que je lui donne ma place devant pour qu'il ait une meilleure vue et ça lui plaisait. La plage était à plusieurs kilomètres à l'extérieur de Tanger. Luc n'arrêtait pas de le regarder en conduisant. Et Ali qui n'avait pas dit un mot au départ, quand on l'avait vu, nous a surpris avec son français. Il était à la Mission française. Je lui ai dit : « Ta mère t'aime beaucoup. » Luc insistait aussi là-dessus. Et c'est là où Ali a dit quelque chose que je n'oublierai jamais : « Vous l'avez vue hier où elle travaille ? Maman ne porte rien sur elle comme bijoux. » Et moi, pour ne pas faire de

gaffe, je dis : « Non. On n'a pas fait attention. »
Ali répond : « C'est moi, son bijou. » J'étais derrière eux et ma tête entre leurs deux têtes, je
m'étais rapproché vers les deux sièges de devant.
J'étais fasciné par la netteté de sa peau et la
finesse de sa nuque et ses cheveux raides avec
des épis. Je devinais aussi sa clavicule. Il était
blond, contrairement à sa mère. De temps en
temps, je jetais un coup d'œil plus loin à travers
le pare-brise de notre voiture vers celle de
Salma, pour deviner aussi la tête de l'autre garçon.

La plage était déserte, et sauvage, avec des
collines plus loin et des buissons. De temps en
temps, on voyait un troupeau. Ali était acrobate.
Il nous a proposé dans l'après-midi de faire une
démonstration. Il était dans une école de gymnastes. J'étais à plat ventre sur le sable et j'avais
l'impression d'être une caméra, à tourner un
clip dans lequel le garçon le plus magnifique de
la plage faisait des sauts avec le ciel et la mer
bleus, j'avais la meilleure vue. Il portait un maillot et c'était beau de le voir faire plusieurs sauts
en arrière, son corps qui se courbait avec ses
côtes évidentes. J'aimais bien la forme de son
aine et la trace du maillot. Sa particularité, c'est
que des fous rires le prenaient à tout moment. Il
a fini en se jetant par terre. Je ne savais pas si
c'était son éclat de rire ou sa démonstration qui
le faisait tomber sur le sable, sa tête est arrivée

sur un genou de Luc, de fatigue, en riant. Luc lui a caressé les cheveux comme un père qui couvrirait de tendresse son fils dont il est fier. Cette image m'avait bouleversé. La texture de sa peau paraissait extrêmement douce. De le voir à son aise avec nous était si naturel, on aurait dit que nous tous on le connaissait tellement sa façon d'être était agréable.

Luc avait envie qu'on marche un petit peu, je l'ai compris dans ses yeux sans qu'il me le demande, qu'on marche au bord de l'eau, sur le sable. Je suis venu pour le rejoindre, marchant derrière lui. Il préférait garder son pantalon en lin plus son T-shirt, ça m'avait un peu énervé quand Salma et les autres insistaient pour qu'il se mette en maillot de bain et lui prenant comme prétexte qu'il craignait des coups de soleil. Je pense que son côté extrêmement velu le gênait, et aussi son côté squelettique. J'aimais bien observer sa silhouette, j'aimais bien sa façon de marcher, très légère. Ali m'a appelé, et sans demander quoi que ce soit il s'est joint à nous, tellement pour lui c'était normal que sa présence ne dérangerait pas, ne pouvait que plaire. Il s'est mis entre nous, me prenant par la main. Ça m'a intimidé, j'ai souri vers Luc, ça me gênait qu'Ali ne tienne que ma main. Ali nous expliquait qu'il allait à la Mission française et de temps en temps répondait à des questions de Luc sur l'école et ses camarades et les cours.

Mon esprit était vers Salma et les autres. Ali disait que son meilleur ami, c'était sa maman, et que de temps en temps ils sortaient dans leur restaurant préféré pour manger leur plat préféré qui était la paella, ils adoraient ça.

Je me sentais presque mal d'entendre Ali, parce qu'il a en effet commencé à parler, comme avait dit sa mère, on ne pouvait plus l'arrêter. Je ne savais pas comment l'arrêter quand il a commencé à parler de son père sans qu'on lui ait posé la moindre question là-dessus. Son père était anglais, qu'il n'a jamais connu. On se regardait avec Luc avec un air fasciné, on échangeait des expressions de stupeur, on pouvait puisqu'on le dépassait, il était plus petit que nous, toujours sa main dans la mienne il continuait à parler en traînant un pied, faisant des traces sur le sable mouillé, une grande ligne. Je préférais qu'on retourne et changer de sujet, j'avais l'impression que j'avais fait une promesse à sa mère. Au moment où je voulais me séparer de lui, retirer ma main de la sienne, à ce moment-là il prend la main de Luc en essayant de se balancer entre nous, comme si on était une balançoire, à s'agripper et être en l'air entre nous, ne pas toucher par terre avec ses pieds. J'ai été hypercontent, j'ai abandonné l'idée de se séparer. Je me suis baigné avec Ali. Il essayait sans arrêt une démonstration qui me fatiguait, c'était de se mettre sur mes épaules dans l'eau pour plonger, il voulait que je fasse pareil sur lui. J'ai refusé en pensant que j'étais trop lourd, il n'avait que quatorze ans et moi vingt. J'avais l'impression d'avoir vécu un milliard de choses ce jour-là.

Antoine me manquait, je me réjouissais à l'idée de lui raconter mes vacances en me posant la question : quelle histoire je pouvais lui raconter, laquelle pouvait lui faire le plus plaisir et l'amuser. Je me suis dit que l'histoire avec Ali pourrait le rendre jaloux. Je me suis contenté de lui raconter mon histoire avec Salma et son ami et juste le voyage que j'ai passé agréablement avec Luc.

Salma voulait marcher avec moi à son tour sur la plage. On était plus loin. Elle m'annonce qu'elle avait quelque chose à me dire. « C'est plutôt un message, me dit-elle. J'ai passé toute la nuit à parler de toi avec mon ami. » Elle m'a dit qu'il aimait bien mes yeux, qu'il voulait coucher avec elle et moi en même temps, mais qu'elle ne pouvait pas faire ça avec moi, à trois, et qu'elle se retrouve au lit avec moi, elle lui a dit que Rachid, elle le considérait comme son petit frère. Je lui ai parlé du moment pénible où je pensais qu'il ne pouvait pas me supporter et que ma présence le dérangeait au point que je pensais qu'il ne pouvait dire que du mal de moi. Je ne m'y attendais pas, j'étais heureux de ce qu'elle avait dit, en me laissant le choix que je pouvais faire ce que je voulais, en me disant : « Tu peux coucher avec lui si tu le désires. En tout cas, lui, oui », elle me jurait que c'était la première fois qu'il avait envie d'un garçon. Et, comme c'était moi, ça l'amusait, ça lui faisait juste plaisir.

On est rentrés déposer Ali chez sa mère, au même endroit qu'on avait convenu en fin de matinée. Elle nous attendait. Elle nous a proposé même de dîner, qu'elle pouvait ne pas travailler le soir si on dînait avec elle et son fils. Ça ne s'est pas fait. Tout le monde se sentait écroulé par la journée de mer.

J'avais envie de sortir en début de soirée, marcher un peu. Je croise le garçon dans le couloir qui me dit que Salma se reposait. Il était évidemment content de me revoir, son sourire presque amoureux. Il m'a demandé si je voulais prendre un verre, et en marchant vers l'extérieur de l'hôtel, si j'avais envie qu'on aille où nous étions dans l'après-midi pour rouler un joint. L'atmosphère dans la voiture était très intimidante. Mais c'était tellement agréable. On est arrivés pour se garer sur la colline, en face il y avait Tanger, paysage qui était magnifique, de lumière, c'était la pleine lune. Il m'a dit : « Je suppose que Salma t'a parlé de ce que je lui avais dit et j'espère que tu n'es pas gêné que je veuille m'approcher de toi. Je n'ai jamais ressenti ça auparavant pour les garçons et ça me mettait mal à l'aise, au début, quand je t'ai vu. Je ne cherche pas spécialement à faire l'amour avec toi et de toute façon je ne saurais pas comment m'y prendre. »

La situation me faisait trembler. J'étais mal assis tellement j'étais ému, ne sachant pas quelle position reposante trouver, lui il avait son occupation qui était préparer son joint qu'il allait fumer tranquillement. La fumée se répandait dans la voiture. Ça me rassurait d'être assis dans la voiture plutôt que de nous imaginer dehors, debout, moi désemparé, me demandant ce que j'allais faire avec mes bras, mon corps devant le sien, en attente qu'il me serre dans ses bras. Je me suis approché de lui, on s'est embrassé, c'est tout ce que j'ai fait avec lui. Mais, en route, il m'a pris ma main avec laquelle il manipulait et changeait ses vitesses. Je sentais sa main moite et chaude et douce.

On était tous d'accord pour aller le soir prendre un verre au bar de la mère d'Ali. J'avais dîné seul avec Luc et les autres de leur côté. Luc était spécialement bien tout au long du dîner, à m'entendre parler de tout et de tout le monde, il était tellement généreux dans sa façon de parler des autres, vibrant de joie dans son langage très doux et fleuri, par délicatesse à aucun moment il n'a parlé de lui ni de sa maladie mais je pense que réellement il n'y pensait plus, on avait l'impression que tout à coup ça disparaissait et ça n'était plus le centre de sa vie, c'était une question de bonheur, profitant de chaque seconde.

En arrivant plus tard au bar, j'avais l'impression qu'on retrouvait quelqu'un de très familier, de la voir derrière son comptoir, son sourire accueillant. Elle était assez jeune. Après l'avoir saluée, on s'est installés à table. Mes genoux étaient contre ceux de l'ami de Salma. Il était à côté de moi, et j'avais l'impression que j'étais son petit ami. L'image amusait Salma et son regard qui était doux envers moi me rassurait.

J'ai profité, pour aller voir au comptoir la mère d'Ali, d'un moment où les autres s'échangeaient le joint, il faisait le tour de la table, ils discutaient de la politique qui ne m'intéressait pas. Je me suis répété en la remerciant encore une fois d'avoir laissé Ali passer une journée avec nous, lui faisant un récit de l'après-midi et une description d'Ali s'amusant en acrobate. Dans ma bêtise, mon manque de tact, je lui dis qu'Ali avait parlé un peu de sa vie et de son père, sans qu'on lui ait posé la moindre question, et que je tenais à le lui dire si jamais elle apprenait un jour par lui-même ce qu'il nous avait raconté, j'espérais que ça ne la gênerait pas et qu'il ne fallait pas lui en vouloir. Elle a répondu qu'elle ne se mettait jamais en colère contre lui mais qu'il aimait parler de ça, apparemment, que je n'avais qu'à le laisser. Elle m'a un peu parlé de son père qui était effectivement anglais, qu'elle avait connu durant deux nuits, et elle ne savait rien sur lui, ni qui il était ni où il vivait. Elle disait une chose que j'ai trouvée très touchante, que dans la bêtise d'avoir couché avec un inconnu et d'avoir un enfant illégitime, ça tombait bien que ce soit un étranger qu'elle ne reverrait plus jamais ni l'enfant non plus, plutôt que ce soit un Marocain qui soit présent socialement, refusant de reconnaître l'enfant, ça lui épargnait un combat.

Ce qui me faisait plaisir et qui me mettait au centre de ce séjour pour tout le monde, c'était d'avoir été à l'origine d'un souvenir heureux pour les autres et pour moi aussi. Luc voulait faire un cadeau à Ali en demandant à sa mère ce qu'il aimait pour lui envoyer de Paris. Elle disait qu'il aimait bien les bandes dessinées. Je me suis mêlé encore une fois. Comme Ali n'arrêtait pas d'éclater de rire, il aimait ça, j'ai dit à Luc de lui envoyer des dessins de Sempé que je venais de découvrir quelque temps avant. Moi, ça me faisait rire, et encore.

Le jour du départ, je ne savais pas comment j'allais dire au revoir et quitter l'ami de Salma en sa présence. Ça me posait un problème, dans ma façon d'être à ce moment-là, mais tout s'est bien passé. Il m'a embrassé, pas vraiment sur les joues mais près de la bouche. Tout le monde a échangé son adresse avec Luc, et c'était agréable de voir qu'ils s'appréciaient. La copine de Salma était juste souriante, elle ne m'a pas marqué plus que ça.

On avait fait une vingtaine de kilomètres sur la route. Luc, presque en sursaut, me fait penser qu'on avait oublié d'acheter le walkman pour Abdallah qu'on devait retrouver à Larache pour déjeuner. On a dû faire demi-tour et je trouvais ça bien de la part de Luc. Ce n'était pas du tout difficile puisqu'on l'a trouvé dans un magasin de contrebande et pas cher, Luc m'a laissé choisir l'appareil.

Abdallah est arrivé après nous, on l'attendait au restaurant où il nous avait trouvés la première fois. Il était bien habillé, les cheveux peignés en arrière avec du gel, ce qui amusait Luc, à remarquer qu'il s'était démené à être encore plus joli pour nous voir. On lui a sorti son walkman avec lequel il a mis beaucoup de temps à écouter la cassette qu'il avait apportée, on pouvait même distinguer le son tellement c'était fort. Abdallah avait un service à demander à Luc, c'était de lui écrire une lettre qu'il allait dicter à son ami français. Luc, ça le mettait mal à l'aise, il préférait arrêter au bout de la première ligne qui était déjà des insultes et, en gros, Abdallah se plaignait que l'autre l'ait abandonné alors qu'il était si jeune, disait-il. Luc lui a proposé de voir avec un autre touriste, qu'on avait plaisir à le voir lui et c'était tout. On est repartis et je n'ai plus de souvenir du voyage si ce n'est que j'étais endormi et que tout s'est bien passé.

Luc rentrait le surlendemain à Paris. La veille de son départ, à Rabat, il m'a écrit cette lettre :
« Rachid, mon ami.
« De t'entendre au téléphone ce soir, tu m'as fait pleurer. Tout se mélange, toi, mon séjour, mon adolescence à Rabat, mes désirs. Ce que j'ai fait pendant ces quinze jours est très important pour moi. Je n'en mesurerai les effets que dans quelques semaines. Mais je ne suis pas triste. Je sais que tout cela va me nourrir. Je n'ai plus peur des séparations. Je sais que tu existes, que tu es là, j'espère que tu sauras me répondre lorsque je t'appellerai, cela me suffira. Je crois que je me suis réconcilié avec une partie de ma vie. Je l'avais fait déjà par l'expérience de la psychanalyse. En plus j'ai agi. Je le répète, de t'avoir rencontré trois jours après mon arrivée, je le reçois comme un signe, un signe heureux. Le vol d'une colombe. La légèreté d'une cigogne. Quand j'étais jeune il y avait une femme qui me fascinait car à Rabat elle était toujours la première à suivre la mode. Chez le brocanteur où j'étais cet après-midi, elle est entrée et a fait des achats. Je l'ai tout de suite reconnue. Nous

avons un peu bavardé. Voilà un autre signe heureux.

« Rachid, j'étais si bien ces derniers jours que je le suis encore et le serai toujours. Un poète français du XVᵉ siècle a dit : "Partir c'est mourir un peu." Je n'en crois rien. Je suis parti mille fois, tu me rends vivant. Je t'aime. Luc. »

Luc est mort six mois plus tard, je l'ai appris par son frère à qui il avait dit de me prévenir.

RUE DE LA

L'été 1990, je suis allé en Suis[...]
dont j'étais tombé amoureux. C[...]
mière fois que je prenais l'avion. J'é[...]
joie, d'une part de prendre un avion, [...]
part parce que pour la première fois je sor[...]
Maroc pour aller en Europe. Je ne connaissa[...]
pas très bien Vincent, je l'avais connu pendant
quatre heures à peine, marchant sur la plage, à
Rabat. C'était au mois de mai, nous étions tous
les deux à marcher sur la plage. Il visitait le
Maroc avec des amis à lui. La seule chose qu'il
faisait tout seul et qui lui faisait plaisir, c'était de
se balader sur cette plage, il en avait assez de
tout faire avec eux. On avait parlé pendant très
longtemps sur la plage, trois heures, et ensuite
on était allés prendre un verre et je l'avais trouvé
très agréable. Il avait des dents très très belles
qui m'avaient frappé. Je lui avais dit, d'ailleurs.
Il m'avait répondu qu'il était dentiste. Je trouvais qu'il n'y avait pas de raison d'avoir de belles

ai dit :
ire.
il

se chez Vincent
était la pre-
rais fou de
et d'autre
ais du

. Parce qu'il voyageait avec
sses allemands, dont il s'était
qu'ils n'avaient pas de savoir-
agaçaient. Pendant deux mois, on
gé des lettres, ça m'arrivait de lui
r souvent, ça me plaisait d'entendre sa
de lui parler au téléphone. J'étais tombé
oureux de lui et je voyais qu'il était pris par
moi aussi.

J'en avais parlé à Antoine, il était au courant.
Ça ne le dérangeait pas. Je ne m'en suis pas
rendu compte mais je lui parlais de Vincent
presque tous les soirs, je lui en parlais de telle
sorte que ça le lui a rendu sympathique. La
chose qui était la plus dure pour moi à annoncer à Antoine, c'était que j'allais voir Vincent
à Zurich, en Suisse. J'étais surpris qu'il soit
d'accord. Il avait quand même peur. La veille de
mon départ, je voyais l'inquiétude d'Antoine et
ça m'avait ému. Ça m'avait ému de voir à quel
point il tenait à moi et avait peur qu'il m'arrive
quelque chose, de me perdre dans ce pays que je

ne connaissais pas. Il avait pris tous les renseignements qu'il pouvait avoir sur Vincent, comment le joindre. Je n'ai jamais annoncé à mon père que je partais pour deux semaines voir un type. Lui dire quoi ? Que j'avais rencontré un type sur la plage dont j'étais tombé amoureux ? Ça m'était impossible.

Je suis arrivé à l'aéroport, je ne voyais pas Vincent. Je regardais partout. Ça ne faisait pas longtemps que j'attendais quand deux types sont arrivés vers moi, souriants, disant : « Rachid. » Ils avaient ma photo à la main. Un me dit : « On aurait pu s'en passer, de la photo. Tu étais facile à reconnaître. » Ils avaient déjà vu la photo chez Antoine, donc ils n'auraient pas eu besoin de l'avoir sur eux. Vincent les avait envoyés me chercher parce qu'il ne pouvait pas venir, il était en week-end à Amsterdam. On m'a dit : « Ne t'inquiète pas. » On a pris la voiture, ils m'ont déposé chez Vincent. Ils m'ont donné la clé après avoir ouvert la porte. Vincent devait arriver le soir tard. J'ai déposé mon sac et je me baladais partout et c'était très grand, un grand duplex avec un escalier en bois. Il habitait à Schaffhausen, à trois quarts d'heure en train de Zurich. J'étais descendu dans la rue tout de suite pour visiter en faisant très attention pour me repérer. La propreté m'avait étonné. Une chose qui m'amusait quand j'étais dans l'avion, c'est que quand il s'approchait de la terre, on voyait les paysages, très clairs, très bien dessinés, comme une maquette qu'on viendrait juste de faire. Et quand l'avion se pose, il n'y a aucune différence. Même quand j'étais dans la rue, j'avais l'impression que c'était comme une maquette aussi.

Je suis retourné à la maison. J'ai commencé à regarder partout. Il y avait ma photo dans sa chambre, que je lui avais envoyée. Mais aucune autre photo d'autres gens sur la table ou en face du lit. Je m'étais dit qu'il l'avait mise juste avant que j'arrive, mais à la fois il y avait de la poussière dessus. J'avais hâte qu'il rentre, de le toucher et l'embrasser, choses que je n'avais pas faites avec lui quand je l'avais connu, rien du tout de tout ça. Je suis redescendu dans la cuisine où il y avait un mot de Vincent pour moi, que je pouvais faire ce que je voulais, que j'étais chez moi. Il y avait des gâteaux dans le placard et du jus de fruit. J'ouvre le placard pour me servir, j'ouvre juste la porte de droite, partout il y avait des photos, des petits posters collés, particulièrement de stars du football, surtout Ruud Gullit, la star hollandaise. Pour moi, Vincent était évidemment un fan. Ça m'amusait. J'ouvre l'autre porte, et là pareil, avec d'autres footballeurs dont je ne connaissais pas le nom, et toujours Gullit, il était partout. Je me suis dit tout de suite que c'était son genre. Je me suis dit : « Mon Dieu, qu'est-ce que je fais là ? Je ne ressemble pas du tout à ces gens-là. »

À un moment, je suis allé dans la salle de bains, et sur la porte il y avait un mot collé, que je pouvais prendre un bain, que ça pourrait me faire du bien. Je fais couler l'eau et je mets la mousse. À un moment, je remarque que le plafond en bois de la salle de bains était incliné, il partait en biais, il y avait un morceau de tissu comme un rideau bizarrement collé sur le plafond avec des punaises et qui en cachait une partie, au milieu. On devinait quelque chose qui dépassait du tissu. Je me suis mis presque sur la pointe des pieds sur le bord de la baignoire et en regardant on devinait le short d'un footballeur, il y avait une photo qui dépassait un peu. Je me suis dit qu'il les cachait pour que je ne les voie pas, que les footballeurs étaient vraiment son genre.

Vincent est arrivé tard dans la soirée. J'étais soulagé, et ça me faisait plaisir qu'il arrive chez lui quand j'y étais déjà. On a dormi ensemble. Je voyais qu'il était juste content de me voir. J'ai compris la première nuit que je n'étais vraiment pas son style, toute la nuit à me blottir contre lui, il y a une chose qu'il me répétait plusieurs fois, que j'étais tellement petit. Je commençais à être mal. Qu'est-ce qui avait pu l'attirer vers moi et le décider à ce que je vienne chez lui ? Je n'étais pas son genre.

Il partait tous les matins travailler dans son cabinet, je ne le retrouvais qu'à midi dans son restaurant habituel. Il y avait une chose, c'est qu'il arrivait à me faire rire très facilement, il faisait des blagues, il était très rieur. Ma peur, ça ne tenait qu'à moi, j'avais peur de ne pas pouvoir faire autre chose que la tête, avoir tout le temps un côté triste, et montrer que j'attendais autre chose. De temps en temps, il invitait son meilleur ami avec qui il a vécu longtemps, et quelquefois ses ex. Ils avaient plutôt son allure à lui, la quarantaine. Il m'a expliqué que c'était une expérience pour lui, que c'était la première fois qu'il s'intéressait à un garçon très jeune, à un garçon de mon âge. J'ai passé deux semaines plutôt agréables où il m'a baladé, en bateau, et de temps en temps je l'accompagnais à Zurich. Sa petite ville ne me plaisait pas trop. Ce qui me faisait plaisir, c'était de l'attendre et de passer ma journée à regarder la télé ou à lire, ça me faisait juste plaisir de l'attendre.

Une fois, je suis descendu dans la rue. Je marchais dans une rue commerçante et j'aperçois un type qui s'intéressait à un jeune garçon. Le garçon regardait une vitrine, je voyais qu'il devait avoir mon âge ou plus jeune. Je suis resté très loin à observer. Ça m'amusait, je me disais que pour une fois je voyais autre chose qui m'intéressait dans cette ville que les gens marchant dans la rue et qui ne remarquaient personne. Je les trouvais froids. Finalement, j'ai voulu m'approcher du garçon pour voir à quel point il devait être beau, joli, puisque le type et moi on le suivait depuis assez longtemps. Il ne remarquait aucun de nous et le type ne m'avait pas vu. À un moment, je dépasse le type et je m'approche du garçon, faisant semblant de regarder la même vitrine. Et le garçon me dit : « Guten Tag », avec un grand sourire. J'ai répondu pareil, mais j'ai dit que je parlais plutôt français. Il m'a demandé si j'habitais ici, j'ai dit non, que j'étais en vacances, de passage ici pour deux semaines et que je partais dans deux jours. Je n'osais plus me retourner vers le type de peur d'être maudit de lui avoir volé la place, parce que le garçon était effectivement splendide, très très joli. Il m'a proposé de prendre un verre. J'ai accepté. On est partis, lui ne faisant attention à rien, juste à moi, et moi ne regardant que par terre en attendant de dépasser le type. On est allés au café. Il avait dix-huit ans et moi vingt ans. Ce qui m'avait amusé, une des premières choses qu'il m'avait demandées au café, si j'étais majeur. Je lui ai répondu qu'au Maroc on est majeur à vingt et un ans.

Matthias me propose d'aller chez lui, en marchant il m'explique que c'est chez sa grand-mère, qu'il était de parents divorcés. Ça me faisait très plaisir, j'étais tout excité. On a marché jusque dans un quartier en haut de la ville. Il y avait des ruelles où il n'y avait personne. Il m'a demandé s'il pouvait me prendre la main, je lui ai dit que moi aussi je voulais bien. J'adorais son accent. On avait l'impression qu'il connaissait tous les mots en français, sauf qu'il parlait mal. En s'approchant de chez lui, il retirait petit à petit sa main. C'était dans un immeuble, je ne sais plus à quel étage, où on est arrivés. Il m'a emmené directement dans sa chambre. On s'est assis sur son lit d'enfant, avec des ours partout et des posters de danseurs parce qu'il était danseur. On s'est allongés au lit après qu'il a mis un mot collé à la porte pour sa grand-mère, qu'il travaillait avec quelqu'un, pour qu'on ne le dérange pas. Ma peur, c'était le moment de sortir de sa chambre et que la grand-mère nous voie, je ne sais pas pourquoi j'imaginais que le fait que je sois un étranger, un Arabe, on ne pouvait pas croire que j'étais en classe avec lui, et qu'elle pouvait tout de suite imaginer ce qu'on venait de faire.

On s'est déshabillés, ça m'avait fait rire parce que son lit était petit et qu'il avait proposé pour être plus à l'aise sur le lit que chacun soit sur l'autre à son tour, ça m'avait fait rire parce que c'est bizarre comme proposition, elle n'était pas logique, elle était vraiment indécente Je m'étais allongé sur le dos et lui sur moi. Et là je me suis rendu compte que vraiment ça faisait très longtemps que je n'avais pas été avec un garçon de mon âge, jeune, que je ne savais pas quoi faire avec. Il était plus fait que moi, physiquement, mieux dessiné. Je ne savais pas, j'étais désemparé, je ne savais pas quoi faire avec mes bras alors que juste il fallait que je le serre avec mes bras, que je les passe sur son dos, sur le reste de son corps. Je n'avais jamais été avec quelqu'un au lit en pleine lumière, fenêtres ouvertes, sans me rendre compte que d'habitude mon corps me donnait plutôt des complexes avec des gens plus âgés que moi. Il me disait un seul mot, que j'étais beau et qu'il m'aimait. J'ai compris à la longue, tellement il répétait ça, qu'en fait il parlait tellement mal le français que pour lui « je t'aime » ça voulait dire « tu me plais ». C'était la première fois de sa vie qu'il allait avec un garçon et il me jurait que c'était le premier Arabe aussi.

Au lit, à poil, on pouvait croire qu'il était plus âgé que moi. Mais ça me dérangeait terriblement, psychologiquement, le fait d'être plus âgé que lui. Je lui ai annoncé que j'étais venu ici, à Schaffhausen, amoureux de quelqu'un de beaucoup plus âgé que nous. Quand je lui ai dit l'âge, il a ri en me disant que ça le faisait vomir. Je ne savais pas comment le prendre. J'ai passé une bonne partie de l'après-midi avec lui. On n'avait rien fait sexuellement si ce n'est être là, entièrement nus. Si, on s'embrassait. Mais je ne ressentais rien du tout. Je commençais à partir et là il m'a dit une chose qui m'a plu, qu'il voulait faire l'échange avec moi, de chemise, qu'il voulait changer de chemise avec moi parce que ça lui plaisait de garder un souvenir de moi. Il y avait une photo de lui qui me plaisait sur le mur, il m'a proposé de la prendre si je voulais. Je l'ai prise et je lui ai dit que moi j'avais une photo dans mon portefeuille, de moi. Ça m'avait surpris à quel point il était heureux d'avoir une photo de moi, très très heureux.

Je suis resté à la maison à attendre Vincent, comme tous les soirs, mais ce soir-là il y avait plusieurs personnes, il avait invité des amis à lui. Il avait organisé un repas plus ou moins pour moi, pour me montrer à ses amis et que je fasse leur connaissance. Ils sont arrivés pendant que j'étais dans la pièce du haut. Plus ou moins consciemment, je restais dans la chambre du haut pour marquer une distance dans ma relation avec Vincent qui était venu me voir quand il était rentré pour me parler de ses préférences, mais avec humour, en essayant de me faire rire, que j'étais trop doux et trop souple pour lui. Ses amis étaient arrivés, donc j'entendais des bruits, parlant allemand, je m'en fichais de la soirée, je m'étais dit que de toute façon je n'intéresserais aucun s'ils avaient le même goût que Vincent.

Je suis descendu et là il y avait une personne que je reconnaissais, dont la présence me rendait mal. En leur serrant la main, il arrive le tour de ce type, et, devant Vincent, Vincent était stupéfait que je le connaisse ; il pose la question comment je le connaissais, Jorgen a dit que j'étais le voleur du garçon qu'il suivait depuis très longtemps. Je ne pensais pas que la soirée serait plutôt amusante par rapport à cette histoire qui prenait les trois quarts de la soirée. Jorgen était tout le temps à mes côtés à me poser des questions sur le garçon, Matthias. Et moi, dans ma vengeance par rapport à Vincent, je voulais être méchant, en disant que les gens de la quarantaine le faisaient vomir, pas son genre du tout. Vincent détestait les pédérastes et trouvait que le mot « pédé » que moi je prononçais était vulgaire et ne s'appliquait qu'aux pédérastes et qu'il se sentait plus gay que pédé, tous étaient d'accord là-dessus. Évidemment, mes histoires avec mon professeur et avec Antoine n'avaient aucun succès auprès de lui, juste il trouvait ça fou.

Je suis rentré au Maroc persuadé que plus jamais je ne retournerais chez Vincent et que quand bien même j'aurais eu envie lui ne souhaiterait pas me faire venir une deuxième fois, que l'expérience était ratée.

On s'est très peu donné de nos nouvelles. Je pensais que je n'étais pas si triste que ça. Mais ce qui m'avait frappé, c'est que ce pays, la Suisse, ne m'avait laissé aucun souvenir, rien d'exotique à mes yeux, si ce n'était la rencontre de Matthias. Au mois de décembre, je reçois un coup de fil de Vincent me demandant ce que j'allais faire pour les fêtes de fin d'année. Je lui ai dit que ça ne me concernait pas, que j'allais rester à la maison, ce n'étaient pas des fêtes pour un Marocain, je resterais à la maison pendant qu'Antoine serait en France chez ses parents. Son coup de fil m'avait plutôt fait plaisir. Deux jours après, c'était le 20 décembre, Vincent m'appelle pour me dire qu'il s'excusait d'avoir décidé à ma place, de se permettre une deuxième fois de me faire venir chez lui. Il fallait juste que j'aille chercher mon billet d'avion à Royal Air Maroc. Je ne savais pas quoi penser, j'avais juste un étrange sentiment, j'appréhendais encore ce voyage et à la fois c'était flatteur pour moi.

Je n'ai pas tellement de souvenirs des jours que j'ai passés avec lui, si ce n'est que c'était encore un fiasco total pour moi, plus que la première fois. La première fois, au moins, on se découvrait. Mais la deuxième fois, c'était le vide, c'était complètement le vide, pour moi tout sautait aux yeux, qu'il n'avait aucun désir pour moi, ce qui tendait encore plus la relation. Heureusement qu'il travaillait toute la journée. Je n'avais même pas plaisir à sortir dans la rue parce que, dès que je sortais, il fallait que je rentre tout de suite, il faisait tellement froid, je ne m'étais pas du tout habitué, ça me faisait plaisir de voir la neige par terre, juste, et de voir que j'étais très vêtu, je n'avais pas l'habitude au Maroc d'avoir un manteau. Vincent me demande un matin en prenant le petit déjeuner de rester avec lui en Suisse. Pour moi, c'était une folie de me demander ça. Je lui ai dit que la seule raison qui me faisait venir ici, c'était lui, et comme ça ne marchait pas, il n'y avait aucune raison que je reste, et que de toute façon je ne pourrais pas quitter Antoine comme ça. Il m'a dit une chose qui m'avait ému, que chez lui on apprendrait à se connaître et que ça lui faisait plaisir de me voir grandir chez lui.

Vincent me disait toujours de faire très attention quand je sortais, qu'il y avait du racisme dans cette ville, parce que des amis à lui avaient deux enfants indonésiens adoptés qui revenaient midi et soir pleurer parce qu'ils étaient rejetés à l'école. Je me suis retrouvé une fois dans la rue en écoutant mon walkman face à des skinheads, mais à la fois je ne sais pas si c'était vraiment des skinheads ou des punks. Il n'y avait qu'eux trois, deux garçons et une fille, et personne dans la rue à part moi. Je ne pouvais pas faire demi-tour, je me sentais tellement mal et tremblant, et j'aurais souhaité qu'à la fois Vincent ne m'ait pas prévenu. Plus j'avançais, plus j'étais mal, il fallait absolument que je passe, je m'avançais vers eux, et en plus la rue était étroite, c'était la ville ancienne. Ils me fixaient de loin, leur attention était attirée vers moi. J'avais mes deux mains dans mes poches tellement il faisait froid. Désemparé, ne sachant pas quoi faire, à un moment je voulais sortir ma main et j'ai fait tomber mon walkman de ma poche qui s'est arraché de l'écouteur et qui a glissé jusqu'à leurs pieds. Là, j'étais vraiment mal et je me suis dit qu'il ne manquait plus que ça, est-ce que j'allais le ramasser ou pas ? Je tremblais, je claquais des dents, et ça me rassurait qu'ils voient que ce n'était pas par peur mais à cause du froid. L'un des trois ramasse mon walkman et me le tend. Ça a été un grand soulagement, ils ne me voulaient pas de mal. J'ai dû le remercier dix fois, c'était ma réaction de dire : « Merci, merci, merci... » Je me suis dit que j'avais échappé peut-être à des skinheads mais plus rien ne me faisait peur à ce moment-là. Mais je me suis dit quand même qu'il fallait que j'aille maintenant dans un endroit où il y avait plus de monde, vers la rue commerçante qui me faisait penser à Matthias.

En sortant d'un magasin, j'aperçois un type qui me suivait depuis longtemps, je me suis retourné à plusieurs reprises, il était toujours derrière. Je comprenais qu'il s'intéressait à moi, qu'il me draguait, mais à la fois aucun signe de sympathie. Je décide de rentrer et, près de la maison, je ralentis jusqu'à ce qu'il se rapproche, juste derrière moi. Je me retourne et je l'attends en lui disant : « Ça suffit. Arrêtez de me suivre. » Il me répond en me demandant mes papiers. J'étais de nouveau mal. J'ai refusé et j'ai dit : « Pourquoi ? » Il m'a répondu qu'il était policier. À ce moment-là, il me montre ses papiers. Il était effectivement un agent de police. Sans réfléchir, sans savoir ce qui pouvait m'attendre, je lui ai dit : « Vous, vous me draguez. » « Et pourquoi pas ? » me dit-il. Je me suis contenté de lui dire : « Allez vous faire foutre. » J'aurais préféré qu'il me drague autrement, de façon normale. Ça semblait difficile pour lui de m'aborder, ça avait duré très longtemps et il n'avait trouvé qu'une chose, comme j'étais arabe, c'était de me demander ça, mes papiers. Il était quand même assez beau, mais je trouvais ça con. Je suis reparti en changeant de chemin pour qu'il ne voie pas où j'habitais.

Il n'y avait qu'une chose qui couvrait un peu l'ambiance lourde, avec Vincent, c'était que tous les soirs il prenait des cours d'arabe juste avant de rentrer, entre son travail et la maison. Le soir, je l'aidais à faire des devoirs et à réviser, donc il y avait une heure où on communiquait et où je me rendais utile.

Un des soirs où on travaillait, il reçoit un coup de fil d'une patiente à lui. Il est reparti en urgence pour la soigner. Rester chez lui, ça m'était insupportable. J'en ai profité à ce moment-là pour monter, faire mes affaires à toute vitesse, j'ai laissé un mot, qu'il fallait que je parte et qu'il n'avait surtout pas à s'inquiéter pour moi, que j'allais à Zurich. Je l'ai supplié de ne pas me chercher ou alerter la police et que j'étais assez grand, contrairement à ce qu'il pensait, que je me débrouillerais jusqu'au jour de mon retour. Je ne voulais surtout pas qu'il vienne à l'aéroport me voir le jour de mon départ. Il me restait six jours à passer tout seul à Zurich, avec mes économies, le peu d'argent que j'avais, je pouvais y vivre en mangeant une bonne fois par jour. J'ai laissé quand même le cadeau de Noël que je lui avais apporté, j'ai regretté un peu de ne pas avoir le mien en échange, ça m'aurait amusé de savoir ce qu'il aurait pu m'offrir.

Le jour où je suis parti et l'ai quitté, c'était le

24 décembre, et nous étions invités chez des amis à lui dont il n'arrêtait pas de me répéter que je serais heureux de les voir, que ça me ferait plaisir, qu'ils avaient organisé une vraie fête pour moi. Pour ça, je trouvais que c'était méchant de partir ce soir-là. J'ai pris le train en espérant qu'il ne me rattraperait pas à la gare, j'ai oublié presque la moitié de mes affaires, mais heureusement pas mon passeport ni mon billet, choses auxquelles je tenais. Je suis arrivé à Zurich. En sortant de la gare, j'ai pris une rue qui était en fait une grande avenue qui s'appelait Bahnhofstrasse, la rue de la Gare, qui était magnifiquement décorée, et j'étais le seul être dans cette rue, perdu, sensation que je n'avais jamais ressentie de ma vie, avec mon sac qui me fatiguait à force d'essayer de trouver un hôtel, et c'était hors de question que je cherche un hôtel dans cette rue qui avait l'air tellement chère et très sophistiquée. J'ai atterri dans la vieille ville et j'ai pris un hôtel qui était convenable pour les six jours qui venaient.

Je suis ressorti dans la rue tout de suite. À un moment, dans la rue, j'entends des pas et quelqu'un qui sifflait, derrière. J'ai compris au bout de la troisième fois que ça ne pouvait être que pour moi. Je n'ai pas hésité une seule seconde, je me suis retourné, j'ai souri et j'ai attendu qu'ils viennent vers moi. Je m'en fichais de ce qu'ils pouvaient être pourvu qu'il y ait un contact ce soir-là. Ils étaient trois. C'était Nicolas qui s'intéressait évidemment à moi, et le deuxième c'était Carlos avec son petit ami égyptien dont j'ai oublié le nom. Nicolas était violoniste et Carlos un violoncelliste. Ils m'ont proposé de venir avec eux dans une cathédrale où ils avaient un ami qui donnait un récital de chant classique. C'était très amusant parce que je voyais que les gens qui étaient dans la cathédrale, c'était assez bourré de monde, ça les amusait de me voir parce que j'étais très différent d'eux, de voir un Arabe, un jeune Arabe, parce que l'Égyptien pouvait tout à fait passer pour un Européen. Nicolas m'a proposé gentiment d'aller chez lui. Je ne lui ai rien raconté de ce que je venais de faire. Je préférais rester à l'hôtel, ça me plaisait assez d'être tout seul dans une ville perdue et sachant que dans quelques jours je serais chez moi, je serais enfin chez moi.

Deux jours après, la ville a commencé à s'animer, malgré le froid et la froideur des gens, la grisaille. Je marchais dans la rue de la Gare, d'un magasin à l'autre, les vitrines me plaisaient beaucoup. Je voyais que les gens se posaient des questions sur mon attitude, le fait de les regarder trop, avec insistance. La seule personne qui m'a regardé que j'ai croisée, c'était un vieillard à l'état de clochard et qui est resté cloué, ne bougeant plus. Je lui ai souri. J'ai continué mon chemin, l'oubliant presque. Je regardais un magasin de montres et c'est là que j'entends une voix me parlant en anglais, c'était lui encore, c'était Paul, le vieux clochard qui me demande quelle montre me plaisait. Je lui ai montré du doigt : « Celle-ci. » Il parlait bien français, il m'a dit : « Je vous l'achète. » J'ai dit : « Non. Elle me plaît, je la trouve très belle, mais je ne veux pas. J'en ai une. Et puis, de toute façon, je ne crois pas que vous ayez suffisamment d'argent pour l'acheter. » Il avait un parapluie complètement déglingué et son sac Adidas dont la fermeture Éclair ne fermait pas. Ses godasses étaient dépareillées. Il avait une belle tête, des poches sous les yeux que j'aimais bien. Il me dit : « Tu es magnifique. » Les passants regardaient, comme si ç'avait été un événement. Et tout d'un coup j'avais l'impression que je leur ressemblais, à ces gens-là, au niveau des habits, puisque à côté de lui je me sentais très sophistiqué, riche. Ça m'énervait que les gens se retournent pour nous regarder.

En face, il y avait un café où Vincent m'avait emmené l'été, plusieurs fois, qui était genre le Flore ou les Deux Magots. Le directeur connaissait bien Vincent et je me suis dit que si j'allais là avec Paul, il pouvait me reconnaître. Paul était ravi de venir prendre un verre avec moi. En traversant, j'avais l'impression que tout était arrêté, que tout le monde s'arrêtait pour s'intéresser à nous, Paul boitait, je le tenais par le bras en marchant, c'est ça qui attirait le regard des gens. Un garçon du café s'est mis à la porte pour la bloquer, sans rien dire, me demandant si nous étions ensemble. J'ai dit : « Oui. Et on veut prendre un verre. » Il s'est retiré. Le directeur s'approche, qui était apparemment presque atterré et je voyais qu'il ne me reconnaissait pas, je me suis dirigé vers lui et je lui ai dit que j'étais l'ami de Vincent de Schaffhausen. Il m'a souri, il était gentil, en me faisant signe de m'asseoir. Paul s'accoudait tellement qu'il occupait la moitié de la table, il n'y avait que moi qui existais, il voulait tellement voir mon visage, il s'approchait et répétait tout le temps qu'il était amoureux.

À un moment, quelques secondes, j'étais mal et je me suis demandé si je m'étais servi de lui pour l'emmener ici juste par provocation, en pensant dans ma tête que le type répéterait ça à Vincent. Mais je voyais que ça me faisait très plaisir d'être avec Paul. Il m'a raconté qu'il avait été militaire à Meknès, au Maroc, et qu'il avait une femme folle, sa femme était cinglée, et sa fille paralysée, mongolienne, il m'avait montré la photo, et qu'il préférait passer la journée à marcher dans les rues et qu'il ne rentrait que le soir vers le cauchemar qui l'attendait, comme il disait. J'ai passé un très bon moment avec lui et

je me rappellerai toujours de lui. Je l'ai raccompagné parce qu'il voulait prendre le tram
qui passait dans la rue, et, à l'arrêt, j'aperçois sur
une poubelle un parapluie en parfait état, mieux
que le sien. J'ai osé proposer à Paul de faire
l'échange, de jeter le sien et prendre celui-là. À
ce moment-là, il m'a embrassé, il m'a dit :
« Non, j'y tiens. J'y tiens, à celui-là. » C'est tout.
Je n'ai jamais su pourquoi. Le tram arrivait et je
n'ai pas osé lui demander, je n'ai pas eu le
temps. Il est monté et il s'est mis à l'arrière, collé
à la vitre, on aurait dit un petit garçon, à me
faire des signes d'adieu, comme si j'avais été son
père. Mais Paul ne m'a jamais écrit, je lui avais
donné mon adresse, il avait promis de m'écrire.
Je ne sais pas s'il est mort, vivant, j'espère en
tout cas qu'il est heureux, heureux même mort.
L'avoir connu m'a transformé mon voyage en
bien, en joie, presque. Pourquoi ne m'a-t-il pas
écrit ?

Je ne savais pas quoi faire, la veille de mon
départ. En marchant, je tombe par hasard sur
un parc, Blattspitz, le plus grand parc des drogués que j'avais traversé avec Vincent l'été dernier. Il me l'a fait connaître parce que je trouvais
que c'était un pays très riche et que les gens
étaient très bien habillés. Vincent voulait

m'emmener pour me montrer, il m'a dit : « Je t'emmènerai dans un endroit qui est autre chose que ce côté doré de la Suisse, qui est la misère, la face cachée. » On avait traversé ce parc en vitesse et ça m'avait frappé qu'à la porte il y avait une femme qui vomissait et des gens qui se piquaient au cou, ce qui m'avait effrayé. C'était horrible, le garçon était bourré de trous dans les bras. Antoine me disait : « Je te préviens, je ne veux pas traîner à regarder à droite et à gauche. » Je pense qu'il aurait pu se faire attaquer.

J'étais curieux, cette fois-ci, de rentrer et bien voir ce qui se passe à l'intérieur. Ça ressemblait à une vraie ville dont on aurait décidé qu'elle ne soit que pour les drogués. Il y avait des cabanes où ça dealait, comme de vraies boutiques, de drogue, et c'est moi qui avais plutôt l'impression que j'étais comme un Martien. Malgré leur état de drogués, complètement jetés, les gens se demandaient ce que je faisais là, ils me regardaient étrangement. J'aperçois un garçon assis sur un banc qui était normalement habillé en dehors de son côté planant, regardant vers le ciel. Je m'approche de lui et je m'assieds à côté. Il avait des cheveux longs. Il m'a regardé juste parce que je me suis assis pour ensuite reprendre sa position. Il avait des yeux bleus qui m'avaient fasciné. Il avait un côté romantique que j'aimais bien. Je suis resté pendant longtemps, jusqu'à ce qu'il se décide à me parler. Je lui ai dit que je ne parlais pas allemand ni anglais mais que je parlais français. Il m'a demandé ensuite, en français, ce que je faisais à côté de lui, pourquoi je me suis assis. Je voulais être direct, lui montrer que ce n'était pas l'endroit ni le banc qui m'intéressaient. Je lui ai répondu : « Parce que je suis bien à côté de toi. »

Il voulait savoir ce que je foutais à Zurich et ça m'amusait de lui raconter mon histoire, je lui ai dit que j'étais marocain et que j'étais en vacances, amoureux de quelqu'un avec lequel ça s'était mal passé, et que je m'étais enfui. Il m'avait répondu en me parlant de Vincent, que c'était un sale pédé. Je lui ai dit que moi aussi j'étais pédé. Il m'a dit : « Tu sais, je m'intéresse plutôt aux filles. » Je lui ai dit que je l'avais bien vu tout de suite, que ma présence ne l'avait ni intéressé ni frappé. Je lui ai dit que je partais demain et que je voudrais bien le voir le soir, que j'étais seul, que ça me plaisait de l'accompagner s'il le souhaitait. Il m'a proposé de passer me chercher à l'hôtel le soir et de dormir chez lui. Je lui ai dit que ça me faisait plaisir, que j'étais très content. Il m'a dit que je pouvais le laisser tranquille pour l'instant, après ça j'étais persuadé qu'il ne viendrait pas me chercher même si je lui avais donné précisément l'adresse, je lui avais laissé la carte de l'hôtel pour qu'il ne se plante pas. Je le trouvais tellement stoned que sa réponse me semblait ne rien signifier, il s'en fichait de moi. Je suis rentré à l'hôtel à attendre son arrivée quand même, il ne m'avait pas dit l'heure, je l'attendais à tout hasard.

À l'hôtel, il y avait un mot de Nicolas, le violoniste que j'avais rencontré dans la rue. Il m'avait laissé son adresse et son téléphone. Je l'ai appelé. Il voulait que je passe la soirée chez lui. Je lui ai dit non, que j'avais quelque chose à faire, que j'étais pris. Je lui ai dit que j'avais rencontré quelqu'un dans le parc où ça deale, il n'en croyait pas ses oreilles, il m'a dit que j'étais cinglé, que je n'allais tout de même pas faire ça, que je ferais mieux de venir chez lui et qu'il me raccompagne à l'aéroport le lendemain.

La soirée durait trop longtemps, il commençait à être tard à attendre mon drogué et à la fois je commençais à ne plus l'attendre, je n'y comptais plus. J'avais un livre, c'était *Beau-père*, de Bertrand Blier. La réception m'appelle, en me disant que quelqu'un m'attendait en bas. J'ai sauté et je suis descendu en courant. C'était lui. Il m'a demandé si j'avais dîné et j'ai dit que non. On est sortis et, avant de commencer à marcher avec lui, je lui ai demandé ce qu'il voulait faire avec moi dans la soirée. Il me dit : « Tu veux être avec moi ? Laisse-toi faire. » C'était la toute première fois où j'allais dans McDonald's. Je trouvais ça bon. C'est juste la lumière qui me faisait presque mal à la tête, qui était trop forte, qui te dégoûtait presque de ce que tu avais à manger. Je ne me rappelle pas comment il s'appelait, le garçon. Je lui ai dit que je partais le lendemain matin. Il m'a demandé si je pouvais venir chez lui avec mes affaires, et qu'il me prévenait que c'était trop petit chez lui. Dans ma tête, m'est venue tout de suite une idée bizarre. Comme je partais le lendemain, je n'avais pas envie de me retrouver avec quelque chose de drogue dans mes affaires, à l'aéroport, ça me faisait trop peur. De toute façon, il ne m'en a plus reparlé.

On est allés ensuite dans une boîte. À l'entrée, on lui a demandé si j'étais majeur, et si on t'acceptait on te faisait un tatouage sur la main au lieu d'un ticket. J'avais choisi l'endroit, alors que tout le monde s'en fichait, où me faire faire le tatouage, ça les avait fait rire, j'avais choisi sur le bras et pas sur la main comme tout le monde, il avait fallu que j'enlève mon pull. Au vestiaire, le garçon me dit : « C'est une boîte très mélangée. Il y a des pédés comme toi. » Je lui ai répondu : « C'est toi qui n'auras pas la paix. » C'était un énorme hall qui ressemblait à un énorme garage, un côté très délabré. C'était bourré, avec une musique qui me plaisait, j'avais l'impression que j'étais sur une autre planète. J'étais incapable de bouger dessus, danser, d'avoir un rythme dans ma peau. Je suivais mon ami partout en le prenant juste par le bout de son polo pour qu'il ne sente pas trop que je le tienne. Il connaissait pas mal de monde avec qui il parlait et ça changeait tout le temps, il allait d'un endroit à l'autre et il trouvait toujours quelqu'un qu'il connaissait et à qui il parlait un moment. Mais ce qui me plaisait était qu'il ne trouvait pas l'utilité de me présenter, qu'il s'en foutait. Je le voyais de plus en plus détendu avec moi, souriant, me prêtant son attention. Les filles le regardaient beaucoup. J'adorais ses cheveux qui se collaient sur ses joues avec la sueur, de temps en temps il soufflait dessus, sur les mèches qui cachaient ses yeux.

Je l'avais perdu de vue et j'étais perdu. Je le cherchais. Je marchais jusqu'à ce que je passe devant les toilettes, je regardais à tout hasard. Il était là avec quelqu'un. J'ai compris qu'il y avait un échange de drogue et d'argent. Il m'a fait un signe avec la main de rester à la porte. Quand il est sorti, il m'a dit brutalement que je n'avais pas besoin de le suivre, est-ce que je ne pouvais pas avoir autre chose qui m'amusait dans cette boîte ? Je suis resté derrière lui, on se dirigeait vers le bar. J'avais l'impression qu'il ne me supportait plus et cette situation m'énervait, me faisait mal. Il n'y avait qu'une chose qui me rassurait, c'est que j'avais oublié Vincent. Au bar, il commande à boire. Il était accoudé au bar sur un seul bras et l'autre bras était allongé normalement le long de son corps. Je ne sais pas pourquoi j'ai senti que c'était pour moi. Je lui prends la main et je croise mes doigts avec les siens. Ça a duré longtemps. Il a commencé de temps en temps à me lancer un regard à moitié, je ne savais pas comment le prendre, d'énervement ou de complicité. Tout à coup, il retire sa main, très brutalement, en me donnant un coup de pied, plutôt pour me repousser. Une fille lui parlait en lui lançant des regards de temps en temps, et de temps en temps à moi aussi. J'avais compris qu'il y avait quelque chose, qu'ils s'engueulaient, comme si elle se plaignait. En même temps, je lui demandais : « Qu'est-ce qu'elle dit ? » Ils parlaient allemand. Plusieurs fois, je lui ai demandé qu'est-ce qu'elle voulait. Il me repoussait encore une fois en me disant : « Ce n'est pas tes affaires. »

Je me suis retiré, à me rendre mal de lui avoir causé quelque chose, un problème, c'était évident que c'était à cause de moi qu'elle lui parlait sur ce ton, elle devait me traiter de pédé. Je marchais dans la boîte en ne faisant attention à personne. J'étouffais et je voulais prendre l'air. Je retombe sur la fille près de la sortie. Elle commençait à m'agresser en parlant très très haut. Je ne trouvais qu'une chose, elle m'énervait tellement, je trouvai un verre posé à côté sur une table, je lui ai vidé le verre sur son torse, sur son T-shirt décolleté, je l'ai dépassée en lui marchant sur les orteils aussi, en lui écrasant les pieds. J'ai voulu en profiter pour retrouver mon copain en espérant qu'il soit seul. Je le vois, il me regarde venir vers lui, il me demande où j'étais passé. Il m'a raconté ce qui s'était passé pour lui, c'était exactement ce que je pensais, et il m'a dit une expression qui m'a plu, qu'elle lui reprochait d'avoir changé de bord.

Il voulait rester jusqu'au matin parce qu'ils faisaient le petit déjeuner dans la boîte. Il commençait à être tard, moi il fallait que je rentre parce que j'avais mon avion à prendre, je devais être à l'aéroport à sept heures et demie. Quand je lui ai dit que je voulais partir, qu'il fallait que je parte immédiatement pour me préparer, il m'a demandé s'il pouvait venir avec moi se laver à l'hôtel. Et moi j'étais très content. On est arrivés à l'hôtel et ça n'a pas fait d'histoires du tout, contrairement à ce que je pensais. Il m'a demandé de le rejoindre sous la douche. Je me suis décidé après longtemps, tellement pudique de me montrer nu. Je suis resté longtemps à regarder sa silhouette à travers le rideau. Je suis rentré en le fixant dans les yeux, incapable de regarder le reste de son corps. Ça me plaisait de lui laver les cheveux. Il était grand, il fallait qu'il se mette accroupi. Il s'est relevé un peu brutalement en mettant ses lèvres sur les miennes sans faire le moindre mouvement, immobile, et son corps immobile sur le mien, en se frottant quand même de temps en temps avec beaucoup de mal contre mon ventre tellement il était gêné. Il a joui immédiatement. On s'est lavés, il n'y avait aucune parole, on ne pouvait pas communiquer. Il a fallu se rhabiller pour qu'il me serre dans ses bras pour me dire au revoir. Il est sorti de la chambre et je n'avais rien dit, je n'avais pas pu dire un mot. J'étais content d'avoir connu ça qui était inattendu pour moi.

FRANCE

Khalil était mon copain au lycée. Il trouvait que j'étais con de ne pas être resté en Suisse à faire ma vie là-bas, que c'était une chance inouïe qui s'était présentée. Je n'arrivais pas du tout à le convaincre que je serais incapable de vivre là-bas. L'idée de partir l'obsédait, de ne plus vivre au Maroc. Ça m'est plus proche d'aller en France que dans un autre pays européen. Je rêvais de partir en France avec Antoine et découvrir son pays en l'accompagnant. Ça me faisait de la peine de le voir partir pour les grandes vacances et moi rester à Rabat tout seul à la maison, mais j'aimais bien imaginer, créer des images dans ma tête de cette ville qui me faisait fantasmer sur beaucoup de plans.

Mon premier voyage, j'allais le faire tout seul, il se trouvait que cette fois-ci Antoine restait au Maroc et je ne pouvais pas attendre une autre occasion que celle-ci puisque le gros problème du visa, qui était insurmontable, j'ai eu la chance qu'il se règle et ça tombait bien parce que j'avais mes propres économies. Khalil, jusqu'à la veille de mon départ, me bourrait le crâne en me conseillant de rester à Paris, qu'il préférerait, même si je lui manquais terriblement, me savoir heureux dans un pays où je serais plus libre. Il n'avait pas du tout le rêve d'un simple immigré, mais de vivre près des gens qui l'attiraient. Il s'imaginait que la France était pleine de beaux garçons blonds aux yeux bleus. On avait souvent les mêmes goûts.

J'ai pris le train de Rabat jusqu'à Tanger, puis de Tanger à Algésiras j'ai pris le bateau. J'étais très content. Je me rappelle que sur le bateau, la traversée dure une heure et demie à deux heures, tout le monde vomissait, tout le monde se sentait mal, et moi j'étais tellement content que ça n'avait aucun effet sur moi, écoutant mon walkman, j'étais tellement content que je souriais à tout le monde, je n'ai pas parlé de la journée avec qui que ce soit. En Espagne, il fallait attendre le train qui faisait Algésiras-Paris, le départ était dans la nuit. Quand le train est arrivé, il y avait un monde fou, c'était vraiment bordélique. Et moi un peu perdu, faisant surtout attention à mes papiers. J'arrive dans le couloir, et là il y avait un garçon, un jeune garçon, qui me dit avec un sourire : « J'espère que tu es avec moi dans le compartiment. » J'ai répondu : « Je vais voir mon billet et le numéro de ma place. »

Et j'étais avec lui dans le compartiment. Il s'appelait Antoine. Ça m'a fait sourire. Et quand je suis entré dans le compartiment, je me suis reposé sur le matelas, il y avait trois lits superposés et trois autres en face de l'autre côté. J'étais gêné, il y avait un grand silence. Il m'a dit : « J'espérais que tu sois avec moi dans le compartiment pour que tu gardes mes affaires quand je ne serai pas là, et moi je garderai les tiennes », pour ne pas qu'on vole les affaires dans le train, en Espagne c'était risqué.

On avait fait le même trajet, c'est-à-dire de Rabat jusqu'à Algésiras, dans le même train et le même bateau, mais on ne s'est rencontrés qu'en Espagne. Il avait passé des vacances chez des amis marocains à lui à Rabat, des jeunes. À un moment, il a pris mon passeport, et il m'a demandé s'il pouvait regarder. Il m'a dit : « C'est incroyable, on est nés le même jour et la même année. » C'était marrant. Le voyage a duré deux nuits où je m'entendais bien avec lui, on parlait, on échangeait des cassettes pour les walkmans. Il y avait une chose qui m'a fait rire, j'avais un ami avant de partir en France, je lui ai demandé ce qu'il pouvait me prêter comme musique, il m'a donné de la musique classique, de l'opéra, je ne me rappelle plus la chanteuse. J'étais gêné parce que sa musique, au garçon, était très différente de la mienne. Sa musique, c'était plutôt de la house de boîte de nuit. Je me suis dit qu'il avait compris qui j'étais et j'étais gêné qu'il puisse me qualifier, un pédé, qu'il partageait le compartiment avec un pédé. La seule chose qui me rassurait, c'était qu'il écoutait beaucoup plus longtemps que normalement quand on prête une cassette à quelqu'un. Je me suis dit qu'on pouvait se ressembler.

La nuit, je n'arrivais pas à ôter mon slip, j'étais pudique, et lui était entièrement nu. Ce que j'aimais bien, c'est qu'on était en haut, au troisième lit, et qu'il n'y avait pas de lumière dans le compartiment, on éteignait la lumière, on ne laissait entrer que la lumière de la nuit par la fenêtre. Elle éclairait son corps, ça faisait des ombres sur son dos nu. On devinait juste des paysages. Mais la seule chose qui était visible à un moment, c'était une forêt en feu, l'image était belle malgré tout. Le plus extraordinaire, quand je sortais faire un tour, je voyais que tous les compartiments étaient pleins, complets, les gens partageaient les compartiments dans des conditions difficiles, la plupart étaient des immigrés chargés de bagages, et quand les gens nous voyaient que tous les deux ils posaient la question s'il y avait de la place, ça me gênait et Antoine me regardait droit dans les yeux en me faisant comprendre : « Laisse-moi faire. » Et il répondait aux gens que c'était complet, notre compartiment, on n'est restés que tous les deux tout le voyage. Il m'a répété plusieurs fois qu'il avait adoré le Maroc et qu'il rêvait de revenir après son service militaire. Ce qui était encore plus amusant, c'est qu'on allait jusqu'à Paris ensemble, et ensuite moi j'allais à Mulhouse, dans une famille, et lui à Strasbourg, donc on continuait encore le voyage ensemble, on trouvait ça drôle, comme signe.

C'est lui qui m'a appris comment se laver avec un gant quand on fait un long voyage comme ça, tremper le gant, puis se le passer partout, on se le faisait partout, chacun son tour, celui qui était sur la banquette le faisait pour celui qui était debout nu. Je trouvais ça très beau. Ça m'excitait. Je voyais que lui aussi. Il était très joli. Il avait des joues toutes rouges, saillantes, et la marque du maillot de bain tellement il était bronzé. C'était le seul moment où j'avais ôté mon slip parce que j'avais peur de faire le malin en disant : « Je suis timide », je faisais comme si de rien n'était et naturel même si j'étais crispé et les fesses serrées.

J'étais fou de joie quand le contrôleur a annoncé qu'on était arrivés à Paris, Antoine m'a réveillé pour me le dire et mon réflexe a été de l'embrasser. Arriver dans Paris qui s'éveille en voyant le train entrer dans le début de Paris, les banlieues. Les premières images c'étaient les murs noirs de graffiti, les bombes de peinture, je me suis dit : « Vraiment je suis en Europe », c'était bien cette image des jeunes que je voyais à la télévision au Maroc. En sortant du train, j'ai été téléphoner à des amis à Paris avec ma carte téléphonique qu'Antoine m'avait donnée déjà au Maroc, des amis qui devaient me loger après une semaine passée à Mulhouse. Ça ne les dérangeait pas que je les réveille le matin, même ils étaient contents. Ils m'ont dit de ne pas prendre le train tout de suite pour aller à Mulhouse, qu'ils voulaient me voir ce matin-là, qu'on prenne le petit déjeuner ensemble et que je pouvais partir pour Mulhouse dans l'après-midi. Ça m'a fait plaisir et j'ai accepté.

À ce moment-là, je me dirige vers Antoine pour lui dire que je ne continue pas le voyage avec lui. Je n'avais pas terminé ma phrase que je voyais qu'il faisait la gueule. Il avait changé de tête, par mécontentement. Il m'a dit : « Je croyais qu'on allait jusqu'au bout ensemble. » Moi, j'essayais de lui faire comprendre : « Tu comprends, je ne connais pas Paris, ça me fait plaisir de rester », et que c'était promis que je viendrais le voir à Strasbourg avant que je retourne au Maroc. Je préparais mon adresse, j'étais sûr qu'il allait me donner la sienne, mais il m'a dit : « Non, ce n'est pas la peine. Je ne veux pas. » J'ai trouvé qu'il était très méchant, j'ai trouvé que je n'avais pas été aussi méchant que lui l'était devenu pour carrément refuser de me revoir après, même avec les larmes que j'avais aux yeux, ça n'a fait aucun effet. Il a pris son sac et il est parti. Ça m'a frustré pour longtemps. Il était dur, je trouvais. Il était méchant de voir tous ces signes (nés le même jour, seuls dans le même compartiment) et de ne pas me donner son adresse juste parce qu'il faisait la gueule parce que je continuais pas immédiatement le voyage avec lui.

Je suis allé voir mes amis dans le IIe arrondissement, avec le calvaire — je ne m'y attendais pas du tout — de prendre le métro, changer de direction, je me perdais déjà, avec mon sac lourd, tôt le matin, fatigué, et encore plus fatigué de ce qui venait de se passer avec Antoine. On a pris le petit déjeuner, ils étaient contents de me voir, et ils m'ont emmené, je ne me rappelle plus les endroits précisément, mais je crois que j'étais vers Saint-Michel et Notre-Dame, par là, Notre-Dame ne m'avait pas plu, je trouvais ça pas beau, j'ai préféré la Sainte-Chapelle et Saint-Sulpice quand je suis revenu et que j'ai visité après ma semaine passée à Mulhouse. J'ai quitté Paris pour y retourner une semaine après.

À Mulhouse, j'étais chez des gens que j'aimais bien, le père, la fille et le fils dont la mère était morte. Le père aimait les garçons. Mais ce n'était pas pour ça que j'étais chez lui. Je l'avais rencontré chez des amis à Rabat et je m'étais bien entendu avec lui, il insistait pour que je vienne chez lui quand il m'écrivait au Maroc avec des photos de la maison, elle avait un grand jardin. Moi, ça me faisait plaisir de le revoir. J'ai passé une semaine à beaucoup dormir et à très bien manger, malgré le froid qui s'était installé entre moi et son fils. Le fils avait une très mauvaise opinion des Marocains. Michel, le père, avait reçu un amant à lui, étudiant marocain, qui était parti avec la garde-robe, qui leur avait volé de l'argent et la garde-robe. Alors, évidemment, pour Patrick, le fils de Michel, quand je suis arrivé j'étais un autre Marocain, dont il se méfiait, alors que Michel avait beaucoup parlé de moi en disant que Rachid ce n'était pas du tout la même chose, que c'était un garçon de bonne famille, pour essayer de calmer son fils. Ils ne parlaient jamais de leur homosexualité entre eux, alors que Patrick était toujours à la maison avec un amant à lui. Michel souffrait de ça parce qu'il sentait comme un mépris de la part de son fils, parce que je crois que le fils préférait la mère. Pour Michel, le fait de partager ça avec son fils, ça pouvait les rapprocher. Mais ce n'était pas un enfer, c'était juste qu'il était un peu en froid avec moi, mais gentil.

Je commençais à m'ennuyer à Mulhouse, à me lever tard et à cueillir les framboises dans l'énorme jardin qu'ils avaient. J'ai décidé de descendre dans la ville tout seul. Michel m'a prévenu en me disant qu'il y avait un petit centre-ville où je ne trouverais pas de café à mon goût, où il y ait des garçons, qu'il n'y avait rien de ça à Mulhouse, qu'il fallait attendre Paris. J'arrive, en ville, je tournais partout et presque dans le même endroit dans le centre-ville, essayant de repérer un café. Je me suis dirigé vers un garçon à une station de bus. Je lui ai dit : « Bonjour, je cherche un bar. » Il m'a dit : « Quel bar ? » « Un bar où il y ait des hommes et des garçons. » Il me fait signe avec son bras : « Là, derrière toi, dans la deuxième rue à droite, il y a un café. » Je le remercie. « Pas de quoi. » Et déjà je me disais qu'il avait menti. Je marchais très vite, ensuite j'ai couru, et dans la deuxième rue je vois des marches et une porte grande ouverte. Je monte les marches et j'entre. Il y avait beaucoup de monde et que des hommes. Je ne voyais que des Arabes. J'avais l'impression que tout le monde s'était arrêté, ceux qui jouaient au flipper, ceux qui jouaient aux cartes, j'avais l'impression que tout le monde me regardait. Un type s'est dirigé vers moi, me demandant ce que je cherchais, gentiment. Je lui ai dit que ce n'était pas grave, que je m'étais trompé, ce n'était pas ce que je cherchais. Il m'a dit que c'était un foyer arabe. Il insistait pour savoir ce que je cherchais. Je lui ai dit que je ne cherchais pas ça, mais que ce que je voulais était un bar homosexuel. J'avais osé dire ça. J'avais peur de sa réaction. Sa réaction a été de me sourire. Il m'a dit : « Tu sais, dans cette ville, il n'y a rien de ça. » Je suis ressorti. En marchant dans la rue, revenant là où j'étais, à cent mètres du foyer je me retourne et le type était derrière, resté devant la porte, j'avais l'impression que ses yeux étaient braqués sur mes fesses, avec un grand sourire.

J'ai retrouvé le garçon qui m'avait envoyé là, toujours là à l'arrêt du bus, je l'avais mal pris. Je suis arrivé vers lui, son visage étonné de me revoir, presque exaspéré, je lui ai dit : « Ce n'était pas du tout ce que je cherchais. » Je lui ai dit : « Vous m'avez envoyé dans un foyer arabe mais ce n'était pas du tout ce que je cherchais. » Il m'a dit : « Moi, je ne connais rien ici, j'habite à la Réunion. Je suis de passage. Je suis ici pour voir ma copine. » Il était blond aux yeux bleus. « Mais tu cherches quoi ? », il me dit encore. Je lui ai dit que je cherchais un bar, et là j'avais peur de dire ce que j'avais dit à l'autre, je voulais rester un peu sobre en disant : « Je cherche un bar où il y ait des hommes. » Il m'a dit : « Mais il y en a partout. » J'ai dit : « Non. Ce sont des bars normaux, même si des clients sont des hommes, mais je cherche un bar où il n'y ait que des hommes qui viennent rencontrer des hommes, un bar homosexuel. » Sa réponse était très drôle. Il me dit : « Moi je ne connais rien, moi je suis footballeur. » Il m'a dit : « Ça veut dire quoi, un bar homosexuel ? » Je lui ai dit : « Des bars pédés. » Je tremblais de peur, surtout quand j'ai entendu « footballeur », je croyais qu'il allait me casser la gueule. Il me dit : « Non, moi je ne connais rien, je ne suis pas comme ça, je viens chercher ma copine algérienne, voilà sa photo. » Il me montre son portefeuille avec une photo dedans où il embrasse sa copine, bouche à bouche, dans un lit. Je lui dis : « Mais qui a pris la photo ? » Il m'a dit : « C'est mon copain », ou « mon pote », je ne sais plus. Je lui dis : « Mais ton copain, il n'est pas homosexuel ? » Il me dit : « Bien sûr que non. Qu'est-ce que vous faites entre vous, les homosexuels ? » Je lui ai dit que je n'étais pas capable de répondre à cette question, que si tu n'étais pas homosexuel ça ne t'intéresserait pas. « Bon, je vais te laisser, maintenant. Et merci », je dis. Il me dit : « J'attends ma copine, elle est en retard. Est-ce que tu veux venir avec moi à l'hôtel où je suis ? » J'avais vraiment peur, je me suis dit que vraiment c'était un piège et qu'il essayait jusqu'où je pouvais aller pour ensuite m'humilier. J'ai dit : « Pourquoi venir à l'hôtel ? Non, ça ne m'intéresse pas. Je ne cherche pas plus que d'aller dans un bar prendre un verre mais avec des gens que je préfère. » Il me dit : « Ne crains rien. Viens avec moi et c'est toi qui feras tout. » Il a insisté. Je ne suis pas allé avec lui, mais j'aurais pu.

Quand j'ai quitté Mulhouse, Michel m'a raccompagné à la gare pour que je prenne le train pour Paris, un jour plus tôt que prévu que ce que j'avais dit à mes amis de Paris. Patrick était venu nous rejoindre à la gare, je ne l'avais pas vu au moment de partir de la maison, et je pensais que mon départ ne le concernait pas. J'étais étonné de le voir arriver à la gare pour me dire au revoir et s'excuser de s'être comporté si froidement avec moi.

Je suis arrivé à la gare de l'Est et, avec mon inconscience, à ce moment-là j'ai pensé qu'il fallait téléphoner à mes amis pour leur dire que j'étais à Paris. Par malchance, ils n'étaient pas là. Je me fais aborder par un type, qui m'observait depuis longtemps. Il m'a proposé de prendre un verre et j'ai dit non mais que je cherchais plutôt un hôtel pour une nuit. Il m'a dit : « On prend un verre et je te promets de te conduire dans un hôtel bien. » Il s'appelait Sébastien. Très gentil. Après avoir pris un verre, on est arrivés dans un hôtel, à Denfert-Rochereau, face à un jardin. La chambre était bien, il y avait une télé, plus douche, toilette et petit déjeuner, tout ça pour deux cent cinquante francs. J'étais étonné qu'il ne cherchait pas autre chose que m'aider. On a dîné ensemble le soir, quand même. Et comme à l'hôtel on m'a dit de rentrer pas trop tard, c'est-à-dire que la porte fermait à minuit et qu'il n'y avait pas de veilleur, j'ai eu envie de sortir en boîte, j'estimais que j'avais assez dormi toute la semaine et je pouvais aller danser toute la nuit. Sébastien m'a emmené au Boy, je croyais qu'il allait entrer avec moi mais, près de la porte, il m'a dit : « Rachid, je t'aime beaucoup. Fais bien attention à toi à Paris », et il m'a filé des préservatifs.

À l'entrée, j'ai eu des difficultés, mais pas vraiment. Il fallait que je montre mon passeport, comme quoi j'étais vraiment majeur. Ça m'a plutôt flatté. J'étais dans une boîte où je ne correspondais à rien, ne ressemblais à personne. Je regardais autour de moi et les gens me regardaient et j'ai compris que mes habits n'étaient pas comme les leurs, chemise et pantalon repassés alors qu'eux avaient des jeans déchirés, des cheveux colorés, des cheveux longs ou rasés. J'ai passé la nuit à tourner, j'ai essayé plusieurs fois de me mettre sur la piste, physiquement je ne bougeais absolument pas comme eux. Je n'ai connu personne. Je suis rentré le matin à l'hôtel et là j'ai eu mes amis au téléphone. Je suis reparti les rejoindre et on a passé une bonne partie de la matinée ensemble. Ensuite je suis venu récupérer mes affaires pour revenir m'installer chez eux.

Quand je suis revenu à l'hôtel, j'ai commencé à ranger le peu de mes affaires que j'avais sorti de mon sac mais je ne voyais plus mon portefeuille. Je me rappelais que quand j'avais quitté l'hôtel ce matin-là, j'avais gardé dans ma tête l'image, la photographie de mon sac ouvert et de mon portefeuille dessus, évident. J'ai commencé à chercher, je ne l'ai pas trouvé, j'ai cherché partout, dans toute la chambre, alors que je n'avais pas bougé, je n'avais aucune raison de chercher partout, par peur je l'ai fait. Je suis descendu après un moment à la réception. Il y avait un jeune à qui j'ai raconté tout ça. Il était embêté, il est remonté avec moi chercher. En plus, il m'a dit qu'il appellerait la patronne qui m'avait reçu quand je suis arrivé à l'hôtel. Quand il m'a passé la dame au téléphone, je lui ai tout expliqué et elle était embarrassée, au début. Puis elle a commencé à gueuler au téléphone, comme quoi elle s'attendait à tout ça avec moi, que j'avais fait monter un mec black dans ma chambre. Je ne comprenais pas pourquoi elle disait ça. Je n'avais fait monter personne. Même Sébastien, par délicatesse, était resté dehors quand il m'avait emmené à l'hôtel. J'avais payé la chambre en arrivant. Ce qui m'avait frappé, je trouvais ça raciste, que je sois arabe et que j'aie fait monter un black dans ma chambre, on allait plus la croire elle que moi. Je lui ai répondu au téléphone que c'était étonnant qu'elle dise ça parce que son employée femme de ménage était black, et moi j'étais presque sûr que c'était la femme de ménage qui avait volé mon portefeuille, je l'avais croisée dans le couloir en quittant ma chambre, plus tard je m'étais même dit : « Tant mieux pour elle qu'elle ait pris mon argent si elle a un fils qui est chômeur, avec tous les problèmes à Paris. »

Je suis juste remonté dans la chambre, j'ai pleuré un peu, et j'ai appelé mes amis qui sont venus me chercher. La femme m'avait posé la question de ce que j'allais faire, au téléphone, je lui ai dit : « Je ne sais pas, je n'ai pas l'habitude d'une part d'aller dans un hôtel, d'autre part quelqu'un à ma place porterait plainte pour la perte de quatre mille francs. » C'était rude pour moi. Après qu'elle a entendu ça, elle gueulait encore plus fort, je voyais juste le garçon en face de moi qui avait une expression, qui me croyait, lui, qui me soulageait, d'une certaine manière. Je n'ai pas porté plainte, même quand mes amis ont insisté lourdement pour que je le fasse, ils voulaient porter plainte à ma place. Je les ai empêchés. Ma réaction, c'était que j'avais peur. Et comme je venais en France pour la première fois et que tout ce que j'entendais c'était des problèmes des Arabes en France, ça ne me donnait pas envie d'avoir affaire à des flics.

J'ai passé la première soirée avec mes amis qui ont été très gentils avec moi. Ils m'ont emmené d'un café à l'autre et d'un bar à l'autre, gays. C'était très étrange pour moi de me retrouver là-dedans. Ce n'était pas le fait qu'il n'y ait que des hommes, ça j'avais l'habitude parce que au Maroc on ne voit pratiquement que des hommes, mais c'était la diversité et leurs physiques qui m'amusaient, je trouvais ça touchant mais hard. (La Gay Pride que j'ai vue plus tard m'a fait le même effet, avec les mecs rasés, les motards, les cuirs, les folles, les garçons de bonne famille...) Mes amis sont partis en vacances le lendemain pour pratiquement les deux semaines où je devais rester en France. Je suis resté seul dans leur appartement, en plein centre de Paris. Ils avaient eu la délicatesse de remplir le frigidaire. J'adorais Paris. J'avais bien cette sensation d'être perdu, où personne ne faisait attention à moi. Moi, je regardais tout le monde, quelquefois c'était réciproque, quelquefois j'avais l'impression que les gens me prenaient pour un fou. Chez moi, tout le monde se regarde, l'un s'intéresse à l'autre et c'est le jeu du regard. Je passais mes journées à me balader et une fois que j'ai visité le Louvre, je ne cherchais plus rien à visiter, de monuments historiques. Ce que je préférais, c'était de marcher dans Paris, entrer dans les magasins.

La chose qui m'avait le plus touché, c'étaient les laveries automatiques, dans la rue, je trouvais ça étrange, ça n'existe pas chez moi. J'adorais ça, les silhouettes des gens qui étaient là, les jeunes, les clients. C'étaient tous des célibataires. Je n'avais jamais vu ça au Maroc. Je trouvais ça émouvant. C'étaient des gestes habituels, les gens qui entraient leur linge sale et le ressortaient tout propre. Ça m'avait frappé aussi dans les supermarchés, les jeunes qui faisaient leurs courses avec leur Caddie, ça m'a ému plus chez les hommes que chez les femmes. Les femmes, habituellement, chez moi au Maroc, ce sont elles qui font les courses et s'occupent de tout ça, alors que là c'étaient de jeunes gens, c'étaient des hommes, c'était un mode de vie de célibataire qui n'existe pas chez moi. Pour moi, je ne sais pas, j'avais vu une nouvelle partie de Paris. Au lieu de répondre aux gens que j'avais vu je ne sais quel musée, quelle expo ou quel monument, ça m'amusait de répondre ça, que j'avais vu les laveries et que pour moi c'était un Paris.

J'étais content quand j'ai eu l'occasion d'aller à la laverie parce que je ne savais pas comment faire marcher la machine chez mes amis, j'étais content de pouvoir porter ma chemise dont j'avais besoin. Les gens arrivaient avec des sacs énormes à laver et moi je me suis retrouvé à payer quarante francs pour une seule chemise. Les gens me regardaient avec ma chemise à la main, il y avait quelques personnes, c'étaient tous des mecs. J'ai compris qu'ils étaient pédés.

Et tous lisaient un journal ou un livre en attendant leur linge. À un moment, un garçon entre, je n'avais pas osé demander à ceux qui étaient déjà là comment faire marcher une machine pour laver ma chemise, je voyais qu'ils me trouvaient étrange. Un type entre, et j'ai eu le courage de lui demander de m'aider. Il s'était moqué de moi et ensuite il m'a proposé de mettre ma chemise avec son linge, et ça, ça m'a plu, de voir ma chemise avec ses culottes et le reste, dans le même linge. Je lui ai tout de suite dit que j'étais touriste, je n'habitais pas ici, pour qu'il comprenne ma stupidité. Il s'appelait Jean. Il avait la quarantaine ou plus. On avait parlé pendant longtemps et je l'aimais bien. Je l'ai revu le soir et j'ai appris qu'il était divorcé et père de deux jeunes filles. J'aimais beaucoup comme il parlait. Il m'a appris des choses. Je voyais bien qu'il était tombé amoureux, surtout qu'il m'expliquait qu'il souffrait beaucoup de sa « petite vie », comme il disait, entre son travail et le sauna où il allait faire l'amour avec des gens qu'il ne désirait pas, parce qu'il était attiré par de jeunes garçons. J'étais presque tout le temps avec lui pendant tout le séjour, il n'y a jamais rien eu physiquement. Mais j'aimais bien aller l'attendre à son travail. Il m'a même emmené dans son appartement qui était très grand.

Ça lui arrivait souvent de me raccompagner là où j'habitais et lorsque je ressortais je voyais tout à coup qu'il était derrière moi, il me suivait. Il me suivait dans des bars que mes amis m'avaient montrés, et tout à coup je le voyais entrer. Il commençait à m'inquiéter. À un moment, j'en avais assez. Surtout, ce jour où il m'a parlé d'une boîte où je devais aller. Je lui ai dit de m'accompagner et il n'a pas voulu, prétendant que ce n'était pas pour lui, que ce n'était pas sa place, mais que moi ça me plairait, ça pourrait m'amuser. Je l'ai laissé chez lui et je suis parti en suivant l'adresse, c'était le Palace l'après-midi. J'avais trouvé ça énorme, comme boîte, cent pour cent mec. J'ai trouvé ça beaucoup plus spécial que le Boy. Des mecs très musclés, je ne sais pas, j'avais trouvé que l'image masculine prenait des proportions bizarres avec des mecs bodybuildés dont les pectoraux ressemblaient à des seins. Un étalage de viande. J'ai dansé. Et à un moment j'ai levé les yeux vers un balcon et je vois Jean qui me regardait. J'étais content de le voir mais je n'ai pas compris tout de suite qu'il me poursuivait pour me surveiller. Je suis monté tout de suite le voir, on a pris un verre, je le voyais mal à l'aise en boîte avec moi. Le regard des autres, je pense qu'il lui renvoyait plus à lui qu'à moi que j'étais son petit ami, que j'étais sa petite pute. Je voyais que j'étais le plus jeune, de loin, et lui faisait partie des quelques plus vieux de la boîte. Je suis retourné danser, je ne l'ai pas retrouvé après. Je l'ai appelé chez lui et il était là.

Je lui ai demandé ce qui n'allait pas, il m'a dit que ça l'exaspérait et qu'il était mal à l'aise en boîte.

Je suis resté encore un petit peu, j'ai fait connaissance avec deux jeunes mecs, ils m'ont proposé de prendre un verre à la sortie, en face la boîte. Pendant qu'on prenait un verre, je parlais avec eux, sur le Maroc, comment je vivais mon homosexualité au Maroc, les questions qu'ils me posaient, tout à coup je vois Jean qui entre. Il m'a vu, moi j'ai eu peur. Il a trouvé comme prétexte qu'il était venu par hasard, qu'il ne savait pas que j'étais là, qu'il était entré au café juste pour téléphoner. Je lui ai dit : « Vas-y, téléphone, et reviens. » Et, quand il est revenu, je les ai présentés, lui et les deux autres. Il n'y avait rien qui passait entre eux, aucune communication, ils ne se parlaient pas, et j'étais obligé de faire tout. Jean était très nerveux, l'un des deux m'a posé la question à l'oreille si c'était mon ami, je lui ai dit que oui, que c'était mon ami, pour voir sa réaction. Il m'a dit : « Je n'aime pas les vieux. » Là-dessus, tous les deux sont partis et Jean a commencé à m'engueuler, il était violent et me prenait par le bras comme un gamin, ça me faisait peur, qu'il en avait assez de me suivre et comment je pouvais être assez aveugle d'aller avec ce genre de jeunes, des gens qui ne faisaient pas attention, qui pouvaient me faire du mal, on ne savait pas s'ils étaient malades ou pas. J'ai dit : « Malades de quoi ? » Et il m'a répondu : « Le sida. » C'est ce jour-là où j'ai commencé à être frappé vraiment par la notion de sida, jusque-là j'en avais entendu parler, au Maroc il y avait une mauvaise information mais ce n'était pas aussi évident que ça, en Europe ça avait une autre dimension.

Je n'en pouvais plus de lui. Je le voyais tous les jours, pratiquement à tous les repas. Ce n'est pas que je m'ennuyais, au contraire j'apprenais beaucoup de choses avec lui, j'avais l'impression que je ne pouvais pas regarder un autre type tranquillement, sans qu'il me fasse une réflexion, gentille mais qui me faisait de la peine. À la fois, il ne m'avait pas réclamé de coucher avec lui. J'aurais aimé aller au lit avec lui, j'aurais voulu qu'il me le demande et que j'accepte parce que je savais que ça ne marcherait pas et qu'une fois que c'était fait je pensais qu'il allait me foutre la paix. Mais ce qui était bizarre est qu'en se quittant il me demandait d'aller le chercher à la sortie de son boulot, je ne pouvais pas dire non, je le faisais quand même parce que quand je ne le voyais pas il me faisait de la peine et je me disais : pourquoi ne pas aller avec lui, passer la journée avec lui ?, puisque la dernière fois ce n'était pas si pénible. Mais une fois que j'étais avec lui, à la seconde même, je n'avais qu'une hâte, me retrouver seul. Je ne savais pas ce que je voulais avec lui, certainement pas une sexualité, mais j'aurais préféré qu'il me tienne autrement, c'est-à-dire dans ses bras, affectueusement, tendrement, plutôt que quand il me touchait c'était pour me faire du mal, qu'il serrait mes bras.

J'ai décidé de repartir à Mulhouse. Je suis arrivé chez Michel qui était content de me revoir, et surtout son fils qui a manifesté une joie exagérée en me revoyant. Avec Michel, on jouait tous les jours, il m'apprenait à tirer dans le jardin, il avait tout un matériel de tir. Il disait qu'heureusement l'étudiant marocain qu'il avait reçu qui était parti avec la garde-robe n'avait pas pris un pistolet, et il était content que ça ne se soit pas produit. Le lendemain soir de mon arrivée, on était dans le salon à regarder la télé quand le téléphone a sonné. Quelque chose me disait que c'était pour moi, j'ai eu un sursaut au moment de la sonnerie. Michel me dit que c'était pour moi. J'ai dit à Michel : « Mais je n'ai donné ton numéro à personne. » C'était Jean au bout du fil. Je lui dis : « Comment tu as eu le numéro de Michel ? » Il me dit : « Je ne t'ai pas manqué ? » « Si, un petit peu, mais comment tu as eu mon numéro ? » Il m'a dit : « Par la police. » Il m'a fait marcher quelques secondes, et moi, tremblant. En fait il avait appelé, j'avais oublié que j'avais donné mon numéro de téléphone au Maroc, chez moi. Il a eu Antoine à qui il a demandé où il pouvait me joindre, qu'il avait quelque chose d'important à me dire. Antoine lui a juste donné le nom de Michel et il a eu le numéro par minitel.

Je ne sais pas ce qui m'attirait chez lui mais je suis reparti le lendemain, je lui ai dit qu'il pouvait venir me chercher à la gare s'il voulait, il m'a dit que ce n'était pas sûr mais que s'il pouvait il le ferait. Quand je suis arrivé à la gare, à Paris, je l'ai cherché sur les quais, je ne l'ai pas trouvé. J'ai commencé à marcher pour prendre le métro. À un moment, une main me prend par l'épaule, j'ai eu très très peur. Je ne sais pas, la présence de la police m'avait habité l'esprit depuis le début de mon voyage, ça m'était désagréable alors que je suis habitué à sa présence au Maroc, je m'en foutais complètement, mais là, le fait d'être étranger, je trouvais la présence de la police beaucoup plus forte à Paris. Jean voulait m'emmener chez lui, que je passe dans l'appartement, qu'il avait quelque chose pour moi. Ça ne me faisait pas plaisir d'aller chez lui. Quand on est arrivés chez lui, il est allé aux toilettes et moi je me suis foutu nu dans son lit. Je voulais me débarrasser de lui d'une manière ou d'une autre. Je voulais montrer que je ne suis pas bon au lit, que ça ne marchait pas. Il est arrivé dans la chambre et il a souri. Il m'a dit : « Viens », un geste pour me sortir du lit. J'ai dit : « Non », je lui ai dit : « Viens, toi. » Il est venu m'arracher du lit mais cette fois sa façon de faire a été douce.

J'avais quand même peur parce qu'on se dirigeait vers la cuisine. Il me demandait de fermer les yeux, qu'il avait une surprise pour moi. J'ai eu très peur, j'ai dit : « Non. Non. Je vais me rhabiller d'abord. Laisse-moi me rhabiller. » Il m'a rattrapé dans le couloir et je trouvais qu'il était violent, j'imaginais le pire, qu'il allait m'égorger, qu'il allait sortir son couteau quand j'aurais les yeux fermés. J'ai fermé les yeux et l'angoisse me prenait à la gorge, il m'a mis un collier et c'était un collier en or. Il m'a dit : « Voilà. Je voudrais t'attacher avec ça. » Ma position me crispait, j'avais l'impression d'être sur le bout des orteils, je me reposais sur le sol de nouveau, c'était un soulagement. Il m'a amené dans son bureau et c'était très émouvant, ce qu'il m'a dit. Il était presque en larmes. Qu'il ne cherchait pas à coucher avec moi mais qu'il était fou et jaloux. Il m'a proposé de rester chez lui en France si ça me plaisait, même si c'était au prix de dépasser mon visa et qu'il ferait tout pour m'arranger les choses, qu'il avait des connaissances haut placées, qu'après je serais en règle, que j'aurais tout ce que je voulais.

Les deux derniers jours qui me restaient, ça s'est plutôt agréablement passé avec Jean. Et le dernier jour il m'a accompagné à la gare pour prendre le train pour partir chez moi au Maroc. Il m'avait offert un livre, sur Paris, qui s'appelait *Vivre Paris,* où il avait signé en première page :

« Reviens vivre à Paris avec moi. » Au voyage de retour, il y avait un monde fou, j'étais terriblement serré, avec des gens qui ne m'intéressaient absolument pas. J'étais triste de quitter Paris. Il y avait l'image, quand j'étais dans le compartiment avant que le train démarre, de Jean sur le quai qui me faisait des signes, triste, et moi j'étais désemparé, je ne savais pas quoi faire comme geste devant les gens qui étaient tous des Marocains, qui étaient probablement des immigrés. Et, à mon avis, ils ont compris que ce n'était pas mon père.

L'HOMME QUI EN SAVAIT TROP

C'était un dimanche du mois de janvier. Je rentrais à la maison, j'avais passé l'après-midi à me promener car Antoine était à Casablanca chez des amis pour le week-end. C'était au moment où on se supportait moins, il supportait moins ma jalousie. Il préférait aller passer le week-end à Casablanca chez des amis car j'étais invivable — enfin, il me trouvait insupportable et hystérique. Ce qui me faisait le plus mal est que c'étaient des gens qui au fond ne l'intéressaient absolument pas, le genre de gens qu'on trouve dans un désert, qu'on fréquente dans un endroit où on est obligé de faire avec parce qu'ils sont finalement assez fréquentables — en tout cas, ils n'étaient pas vraiment le genre d'Antoine. Je rentrais donc après avoir passé l'après-midi d'une terrasse à l'autre, chose que j'adore faire à Marrakech, tout seul, le soleil me faisait du bien à taper sur moi, sur ma figure. J'adore aller sur la place Djema-el-Fnaa où je ne fais attention à rien et pourtant il y a mille choses, bruits de voitures, de mobylettes, les gens — et mon café se trouvait à côté du marchand de cassettes.

Au moment où je rentrais à la maison, quand j'ouvrais la porte, il y avait deux messieurs juste derrière moi, m'appelant, « Rachid », tous les deux habillés de costard bleu marine avec imperméable. J'ai répondu : « Oui. » Et on m'a posé la question si j'étais Rachid, l'ami d'Antoine. J'ai répondu : « Oui. » On m'a dit : « Avant d'entrer, on voudrait que tu viennes avec nous pour qu'on te pose des questions. » J'avais compris que c'étaient des flics parce que c'est comme ça que s'habillent les flics en civil, toujours en bleu, comme les voitures officielles du Palais sont bleu marine. J'avais très peur, je marchais avec eux, j'ai marché avec eux dans une rue derrière la maison. Il y avait une estafette de la Sureté nationale. On m'a fait monter là-dedans. Dans la voiture, il y avait un garçon. On m'a posé la question si je le connaissais, et comment. J'ai répondu qu'il venait de temps en temps chez nous parce qu'il était le petit ami d'un Français qui habitait en France, et il venait de temps en temps quand Antoine lui faisait signe, lorsque son ami lui envoyait un mandat, et que c'était la seule relation qu'on avait avec lui, pas plus. Là-dessus, je n'avais même pas encore terminé ce que je disais que le garçon a reçu une énorme claque parce qu'il leur avait menti, comme quoi il venait parce que sa sœur était femme de ménage chez Antoine.

Il faisait nuit, déjà. Ils nous ont fait descendre de la voiture, sur un ton assez sec, et traverser le hall du commissariat, je me sentais mal, directement jusque dans le bureau d'un responsable, comme commissaire, qui était le plus haut placé. Chez lui, on ne voyait pas de fenêtre, on remarquait que c'était le plus haut gradé parce qu'il n'y avait qu'une table et une chaise dans les autres bureaux et celui-là était le plus meublé, avec fauteuil en cuir et portrait du Roi dans un cadre doré. Je suis entré dans le bureau où il y avait une personne assise sur un fauteuil tournant avec deux autres messieurs, plus les deux avec lesquels j'étais venu. En attendant, ils ont mis le garçon qui était avec moi dans la voiture dans un autre bureau. Le plus gradé a commencé sur un ton plus poli que les autres. Il m'a demandé ce qu'on avait fait le week-end d'avant, où nous étions, Antoine et moi, ce qu'on avait fait de façon détaillée et précise. J'ai commencé à raconter qu'on l'avait passé avec un ami français, Bruno, qui habitait à Marrakech. Je disais que le vendredi était un jour comme les autres où Antoine rentrait après son travail et moi après mes cours, voilà, et que la soirée on la passait ensemble.

Bruno, jusqu'à ce jour-là, venait de temps en

temps à la maison, une ou deux fois par semaine, cinq minutes, juste pour dire bonjour. Il ne restait jamais longtemps. Et Antoine ne lui faisait pas confiance, vu que c'était moi qui l'avais connu. Il ne lui inspirait pas confiance parce qu'on ne savait rien de lui, ni ce qu'il faisait au Maroc, ni de quoi il vivait, ni avec qui. On savait juste qu'il vivait dans la médina, le vieux Marrakech. Bruno, on l'a connu, Nathan (le fils d'Antoine) et moi, le jour où on a déménagé de Rabat à Marrakech. On était sortis le soir très tard, au mois d'août, parce qu'il faisait plus doux que dans la journée. L'été, les gens sortaient tard, marchant devant les terrasses de café. Il s'était arrêté avec sa moto quand on marchait sur l'avenue, ça amusait Nathan. Et moi j'avais remarqué Bruno déjà au café. Ça me faisait peur, le nombre de personnes qui nous draguaient à minuit dans la rue. À l'époque, avec Nathan, on n'en avait jamais parlé, de l'attirance de son père pour les garçons. Et le fait d'être dragué dans la rue par des hommes, des garçons, des mecs en mobylette, me mettait mal à l'aise devant Nathan. Mais ce n'était pas très habituel de voir deux jeunes, marocain et français, de dix-neuf et quinze ans dans la rue à cette heure-là. C'est comme ça qu'on a fait la connaissance de Bruno. On l'a revu dans la rue quand nous étions avec Antoine et que je lui ai expliqué qu'on avait connu Bruno un soir puisqu'on sortait très souvent le soir prendre un Coca.

Jusqu'à ce jour-là, Antoine était toujours mal à l'aise avec lui. Il l'inquiétait, Antoine ne le trouvait pas du tout clair. Donc, ce vendredi-là, il nous avait proposé de dîner avec lui. Antoine avait accepté. Il nous a même invités. Et le fait d'avoir passé un dîner avec lui a changé les choses avec Antoine, l'a rendu sympathique. C'était convenu qu'on se voyait le dimanche, qu'il passait chez nous nous prendre avec sa voiture, une 205 Peugeot rouge. L'après-midi, on l'a passé au Barrage, dans un lac, à une quarantaine de kilomètres de Marrakech. Ensuite, il nous a promenés dans un village qu'il connaissait par cœur où il y avait un palais ancien. On l'a visité, il nous photographiait avec son appareil photo. Moi, j'étais content qu'Antoine ait changé d'avis, je le voyais bien, ils avaient vraiment sympathisé et ça me faisait plaisir d'être moi à l'arrière de la voiture et de les voir eux à l'avant faire des blagues, se marrer, partageant les mêmes goûts. En fin d'après-midi, il nous a raccompagnés chez nous, et juste avant il nous a montré chez lui, où il habitait, il venait de déménager, il n'était plus dans la vieille ville mais dans l'ancien quartier français, dans une villa. On s'est mis d'accord pour se revoir chez lui le soir même pour dîner, manger des pâtes, parce qu'il disait « Je ne ferai pas une grande cuisine ».

On est repartis chez lui dans la soirée après que moi j'ai fini mes devoirs et qu'Antoine a joué sur un piano en faisant les mots croisés de Robert Scipion dans *Le Nouvel Observateur*. Sur le chemin, Antoine me disait : « Je le trouve quand même très mystérieux sur sa vie privée. » Je me suis dit : « Ils ont parlé tout l'apres-mıdi où moi j'étais derrière dans la voiture, ils avaient un rapport rieur, me dire qu'il était mystérieux c'était bizarre, si Bruno avait parlé de sa vie pri- vée, de son amour des garçons, Antoine l'aurait trouvé très clair. » (Évidemment, ça, je ne l'ai pas dit aux flics, ni ce qu'Antoine m'avait dit ni ce que j'ai pensé.)

C'était une grande villa et c'est Bruno qui nous a ouvert la porte. Ensuite, on est entrés dans un salon. Là, il y avait un Marocain, un jeune Marocain qui nous a été présenté comme son collaborateur avec lequel il faisait des affaires d'objets artisanaux qu'il exportait en France. Quand j'ai commencé à parler du moment de l'apéritif, il y avait un flic derrière moi, assez baraqué, qui s'est penché vers moi en me posant la question de ce qu'il y avait comme alcools, si j'avais bu et quelle dose Antoine avait consommée. J'ai répondu que je n'avais pas bu d'alcool parce que je n'aimais pas ça et que je n'avais pas fait attention à la quantité que les autres avaient bue mais qu'il me semblait qu'ils n'avaient pas du tout vidé la bouteille.

J'ai commencé à avoir peur. Je me doutais qu'il y avait quelque chose de grave concernant Bruno, sinon ils n'avaient aucune raison de me poser des questions sur ce week-end précisément, la seule chose qui me rassurait était que si c'était un problème avec Antoine ils ne m'auraient parlé que de lui. J'ai ajouté qu'on a vraiment connu Bruno ce soir-là et qu'il avait parlé de sa vie, qu'il était né en Algérie et avait grandi en France dans une famille très riche. Et, à travers des photos, on voyait bien que c'était quelqu'un qui avait beaucoup d'argent, possédant un yacht et une Rolls. Il y avait des photos de fêtes, de longues nuits, et il s'était retrouvé à Marrakech sans maison, roulant sur une moto qui était tout ce qui lui restait. À un moment, à la fin de la soirée, vers onze heures-minuit, on se préparait à partir, Antoine et moi, parce que lui travaillait et moi j'avais cours le lendemain matin lundi, lorsqu'on était debout et que Bruno allait nous raccompagner à la porte, à ce moment, on sonne. Bruno est allé ouvrir et est revenu avec un garçon. Le commissaire me dit très gentiment : « S'il te plaît, Rachid, souviens-toi bien de ce garçon, si tu arrives à le décrire, et de ce qui s'est passé. » Il l'a dit d'un ton gentil en essayant de fermer la gueule à un autre flic qui me brutalisait en me prenant par l'épaule et en me posant la même question sur un ton très policier. J'ai dit qu'on a juste eu le temps que

Bruno nous présente au garçon et le garçon à nous, qu'il était grand mais jeune avec des cheveux bouclés et assez beau, blond, qu'il pouvait tout à fait être français. On est rentrés chez nous avec Antoine et pendant toute la semaine on n'a pas revu Bruno alors qu'il nous avait dit qu'il passerait très bientôt. Antoine était encore plus intrigué (mais ça, je ne le dis pas aux flics) par le passé et le présent de Bruno.

« Et ta relation avec Antoine ? » me demande le commissaire. J'ai répondu qu'il savait autant que moi, qu'il devait bien se douter de ce que c'était que ma vie avec Antoine. J'ai raconté que je le connaissais depuis Rabat, depuis pas mal d'années déjà. Là-dessus, j'ai recommencé à m'inquiéter pour Antoine. Je ne sais pas ce qui s'est passé mais j'avais compris que je ne risquais rien, que le commissaire me trouvait plutôt sympathique. Alors j'ai dit la vérité, j'ai dit que j'aimais Antoine et qu'à un moment j'étais amoureux de lui et on couchait ensemble, et que maintenant j'avais une relation plutôt paternelle et que je l'aimais encore, que je vivais avec lui et étais bien avec lui. À ce moment, il y a un flic, le même, le plus brute, qui me dit : « Mais il continue à recevoir de jeunes garçons ? » J'ai répondu : « Des adolescents », et que tous étaient contents de venir chez lui. « Et qu'est-ce qu'il fait avec eux au lit ? » J'ai dit que ça ne me concernait pas. Ils insistaient s'il était plutôt actif ou plutôt passif, ça avait de l'importance. Le flic m'a dit : « Mais qu'est-ce qu'il faisait avec toi au lit ? » J'ai répondu : « Ça ne vous regarde pas. C'est ma vie privée et peu importe le rôle que chacun joue au lit. Je pense que vous êtes déjà choqués que deux garçons couchent ensemble et c'est suffisant. » L'entretien était fini. Le commissaire s'est levé et m'a dit au revoir en me remerciant. Pour me rassurer, il a dit : « Ne t'inquiète pas pour ton école, personne ne le saura. » Et même les autres étaient assez gentils. Ils m'ont reconduit chez moi et cette fois-ci pas dans l'estafette mais dans une voiture de fonction avec un chauffeur. Ça m'a rassuré et je me suis dit que c'était un bon point.

Je suis rentré à la maison. Antoine était déjà arrivé et je ne voulais rien lui dire. J'attendais le matin pour lui annoncer. Car, avant de sortir de chez les flics, avant qu'ils me raccompagnent, ils m'ont dit que Bruno s'était fait assassiner ce soir-là, ce dimanche, qu'il avait été enfermé dans sa chambre et massacré et mis en morceaux. Et, pendant toute la semaine, la femme de ménage venait et ne comprenait rien à l'absence de Bruno, et elle voyait la chambre fermée. C'est comme ça qu'ils ont découvert, en forçant la porte. Les flics savaient qu'on avait dîné avec lui et qu'on le connaissait un peu parce que le garçon marocain, son collaborateur qui était là en début de soirée, leur avait parlé de

nous. Ils ont dit que l'assassin était le jeune garçon arrivé en fin de soirée et qu'on avait croisé
en partant.

J'ai rassuré Antoine en essayant de trouver les
mots, j'avais peur de sa peur à lui. Je lui ai dit
que ça n'avait rien à voir avec nous et que la
police était au courant de notre vie, et que s'ils
l'interrogeaient il fallait juste dire la vérité, dire
absolument tout, ne pas nier surtout qu'il
couche avec des garçons. Il est allé à son travail
et moi à mon cours. Lorsqu'on s'est retrouvés à
midi à la maison, on ne parlait plus que de ça.
Le téléphone sonne. C'était la police du
commissariat central qui se trouve sur la place
Djema-el-Fnaa où il fallait qu'Antoine se rende.
Lorsqu'il est revenu, il était moins mal mais ils
avaient été assez durs avec lui et après qu'ils
avaient posé des questions sur Bruno et la soirée
et ensuite sur sa vie privée, il leur avait dit, pour
les rassurer, qu'il avait une relation paternelle
avec moi, qu'il m'aimait et s'occupait de moi.
On lui a répondu : « Mais Rachid, ce n'est pas
un problème. Faites plutôt attention à vos rela-
tions avec les autres garçons. On n'a pas envie
de venir vous chercher à l'état de cadavre. La
rue où vous habitez a mauvaise réputation. » Et,
effectivement, dans la rue, il y avait plusieurs
étrangers, français ou autres, habitant à Marrakech depuis longtemps, célibataires.

On est retournés au commissariat à plusieurs

reprises pour être interrogés, quelquefois ensemble, quelquefois chacun seul. On rencontrait la femme de ménage pour essayer de faire un portrait-robot de l'assassin. Le garçon qu'on avait croisé à la fin de la soirée était déjà venu puisque la bonne le connaissait, il n'habitait pas à Marrakech, faisait à chaque fois un long voyage pour arriver à Marrakech. Pour le portrait-robot, une fois on s'était retrouvés, Antoine, la femme de ménage et moi, dans le même bureau à décrire le garçon. Ce qui m'amusait était qu'Antoine et moi disions qu'il était beau, assez grand, fin, et donnions des détails de ce que nous avions vu, alors que la femme de ménage n'avait qu'une description, c'est qu'elle le trouvait hyperbeau, c'était tout. Elle disait juste : « Il est magnifique, il est magnifique. »

Antoine avait compris, du fait qu'ils soient durs avec lui en l'interrogeant, qu'ils voulaient le coincer parce qu'ils pensaient qu'il connaissait le garçon et le couvrait. Les allées et venues au commissariat ont duré une quinzaine de jours, et après on n'en a plus entendu parler. La famille de Bruno est venue à Marrakech. Elle ne tenait pas à ce qu'il soit enterré en France. Il l'a été au Maroc. Ce qui me plaisait était qu'on allait dans le même commissariat où avait été tourné le film d'Alfred Hitchcock *L'homme qui en savait trop* que j'ai vu après et où quelqu'un est poignardé place Djema-el-Fnaa. Les interrogatoires ont duré une quinzaine de jours, et ensuite ils ne nous appelaient plus, on ne savait pas s'ils avaient attrapé l'assassin. On n'a jamais su ce qui s'est passé par la suite. Comme c'était pendant la guerre du Golfe, la police couvrait l'affaire pour qu'on ne dise pas qu'un Français s'était fait assassiner au Maroc, même si c'était un règlement de comptes qui n'avait rien à voir avec la guerre du Golfe. Le fait d'avoir été mêlés à l'assassinat, interrogés plusieurs fois, ça nous a rendus sympathiques, en tout cas moi, auprès des flics. Ça m'arrivait quelquefois dans la rue qu'on me dise bonjour, et quand je me retournais je reconnaissais un des flics du commissariat me demandant : « Comment vas-tu, Rachid ? » Et quelquefois on croisait le commissaire dans un restaurant, avec Antoine. Une fois, au cinéma, quelqu'un m'a dit : « Tu te souviens de moi, Rachid ? Je travaille au commissariat. »

Ça me fait bizarre de raconter cette histoire, elle ne m'appartient pas.

LEUR KIF

Je n'aurais jamais cru que j'allais compter pour la mère dont le fils venait de mourir. Cette situation m'est tombée dessus, qui me mettait mal à l'aise au moment où j'étais mal. Alexis est apparu dans ma vie pour ensuite disparaître à jamais quand notre relation commençait à avoir une intensité à laquelle je ne m'attendais pas.

J'ai d'abord reçu une lettre où elle croyait m'apprendre la mort de son fils qui venait d'avoir un accident. Je n'arrivais pas à répondre à sa lettre, que je prenais sur le coup pour une agression, où elle se posait des questions sur la raison du voyage de son fils au Maroc et de ce qu'il y faisait et avec qui. J'ai mis longtemps pour répondre et, en définitive, je l'ai appelée au bout de quelques mois après lesquels j'espérais qu'elle allait mieux. Ça ne m'est pas venu à la tête que j'allais être face à des émotions fortes d'une mère bouleversée de la perte de son fils aîné qu'elle adorait tant. Je tournais autour de tout ce qui était psychologique, tâchant d'éviter des questions. Mon angoisse de lui apprendre des choses sur la vie privée et surtout la sexualité d'Alexis. Mais, en fait, on était là pour que chacun réconforte l'autre, et je trouvais grossier de ma part de comparer ma douleur à la sienne. Elle tenait absolument à me raconter l'accident et l'état physique d'Alexis après. Je sentais que ça lui faisait du bien de pouvoir me raconter en détail tout en me posant la question si je voulais ou pas. J'ai accepté, dans mon état spécial, ça me faisait du bien et je souhaitais que la conversation dure, au téléphone. Ça m'a plu de parler avec elle, rien qu'à l'idée de me dire que c'était la première fois que je communiquais avec une mère dont le point commun entre elle et moi était son fils qui, pour elle, était mon amant.

Je crois que je suis arrivé à lui faire du bien, et de sentir ce résultat auquel je suis parvenu à la fin ne pouvait que m'en faire à moi aussi. Et tout ce que j'avais à faire, c'était de décrire le séjour d'Alexis qui venait pour la première fois à Marrakech. J'essayais de trouver les mots pour définir exactement sa joie de tous les jours de la semaine qu'il avait passée chez moi. Je me suis quand même trahi en voulant la tromper et la persuader, sans le dire exactement, que son fils n'était pas pédé. J'étais prêt à mentir s'il le fallait, si je pouvais diminuer un peu son bouleversement et sa douleur. J'ai expliqué qu'il était venu au départ à l'hôtel où il devait séjourner avec une personne que je n'ai pas connue et sur laquelle je ne savais rien du tout. Mais le fait de parler de moi et qu'Alexis préférait rester chez moi plutôt qu'être à l'hôtel lui faisait croire que c'était mon amant à moi. Et, chose qui me rendait sympathique à ses yeux, c'est qu'en effet elle était convaincue que son fils était heureux pendant ces vacances. Les amis d'Alexis, qui l'ont vu tout de suite après qu'il est rentré de son voyage, ont dit à sa mère qu'ils ne l'avaient jamais vu si heureux et déterminé dans son choix de vie d'aller habiter là-bas. Elle était très étonnée de ce choix, à cause du jeune âge de son fils qui n'avait que vingt-quatre ans.

J'étais très ému de voir qu'elle en tirait le plus fort, de cette mort, si brutale et si violente pour elle. En plus, ils ne s'étaient pas vus depuis long-temps puisqu'elle habite loin de Paris, ce qui la rendait encore plus frustrée. Elle me disait qu'Alexis n'avait fait que des choses malheu-reuses dans sa vie, ses études, son service mili-taire et vivre entre ses parents divorcés. Cette mort a accéléré son cancer du sein, elle n'arrivait même plus à être disponible pour le jeune frère qu'Alexis avait laissé tellement elle est tombée malade. Elle me racontait ses peines et ses joies avec Alexis, qu'ils étaient tellement proches l'un de l'autre par moments et tellement éloignés à d'autres. «Alexis était un exemple pour son jeune frère qui est encore adolescent et un peu fou, qui a du mal à suivre ses études et qui consacre le plus large de son temps au foot. Alexis était spirituel et sage, psychologiquement très sain », me dit-elle.

Là où je me sentais bien en parlant avec elle et où le calvaire que je redoutais avant de l'appeler s'éclipsait, c'est quand elle disait : « J'ai envie d'aller au Maroc maintenant. » Elle m'a remercié des photos que j'avais envoyées sans mettre un seul mot, ce qu'elle ne m'a pas reproché. Sur toutes les photos, Alexis était souriant, une mine éblouissante, sur certaines il nageait et d'autres étaient juste son portrait, éclatant de rire. Elle m'a invité à venir chez elle, à la fin, si je passais dans sa ville, pour qu'elle me montre des photos quand Alexis était enfant et que ça ferait plaisir à son frère de me voir. J'ai été estomaqué et je me demande toujours pourquoi elle s'est sentie obligée de me dire ce qu'elle m'a dit : « Tu sais, Rachid, je savais qu'Alexis était homosexuel, et je n'ai jamais été contre. Je regrette d'avoir fait des histoires à des moments, quand il amenait un petit ami en pleine nuit en le faisant entrer par la fenêtre. J'aurais accepté quelqu'un qu'il aimait, j'avais tellement peur du sida. » J'ai senti un soulagement fou en raccrochant, surpris qu'elle me dise : « Je t'embrasse fort, Rachid, et je te remercie pour ce que tu as fait à Alexis. » Faire quoi à

Alexis ? Je ne savais pas trop quoi penser de cette dernière phrase.

Alexis ne m'a laissé que des souvenirs et des liens qui surgissent de temps en temps comme s'il fallait me réveiller pour penser à lui. Je pense toujours à lui, de façon assez régulière, et si j'ai envie de penser à lui toute la journée, il me suffit de regarder sa photo chez moi, perpétuellement exposée sur ma table. J'aime parler de lui, à des gens qui l'ont connu ou à d'autres, comme si j'avais la certitude que cette histoire pourrait avoir un impact sur les gens, et tant mieux pour moi si ça peut le rendre émouvant aux yeux des autres.

Une fois de plus, je me suis mis à la raconter à quelqu'un qui pouvait être agacé au bout de dix secondes à entendre parler d'Alexis juste parce que j'ai dû sentir quelque chose entre cette personne et Alexis. J'ai rencontré Yann l'été dernier dans une boîte de nuit où on a échangé nos téléphones. Je l'ai rappelé deux jours plus tard, j'avais envie de le voir et de le connaître en dehors de la boîte. Je le trouvais bien et son sourire me plaisait. Il n'était pas chaud de m'entendre au téléphone, du moins pas à ce moment-là, comme il avait été en boîte. J'ai compris, du fait que j'ai insisté, qu'il voulait juste me faire plaisir et prendre un verre, et puis ensuite, bon débarras. On s'est vus dans un café où j'avais l'impression d'en avoir fait des tonnes pour le séduire et me rendre intéressant. Je voyais que ça marchait puisqu'il m'a demandé qu'on se revoie et m'a proposé de m'emmener visiter le Père Lachaise, et ça m'allait très bien puisque j'adore les cimetières. Ça s'est très bien passé et j'avais l'impression qu'on s'entendait merveilleusement.

Après ça, en prenant un verre dans un café, j'ai eu envie de parler d'Alexis et j'avais prévenu Yann de m'excuser de parler d'un inconnu juste parce que les cimetières me font penser à lui et que, comme lui, je l'avais connu en boîte et ils avaient quasiment le même âge, et en plus de ça étaient de la même ville où habite toujours la mère d'Alexis. Plus je parlais d'Alexis, plus Yann me posait des questions précises sur lui. Je remarquais son visage qui commençait à s'éclaircir avec un côté ébahi jusqu'à ce qu'il ait été sûr d'avoir regroupé tous les éléments, après avoir parlé de sa mère et de ses études. Il le connaissait, ils étaient même sortis ensemble et avaient été amants. La seule chose qui de mon côté m'a convaincu, c'est quand Yann me disait qu'il n'était pas du tout accepté par la mère, qu'elle les avait plus ou moins surpris dans la chambre en train de faire l'amour et qu'il avait été obligé de sortir par la fenêtre pour ne pas être vu par elle. C'est là où je me suis rappelé tout de suite que, quand j'avais parlé avec elle au téléphone, la seule chose à laquelle elle s'était opposée dans les fréquentations de son fils était qu'il amène ses petits amis en cachette. Ce lien entre moi et Yann était étrange et mettait mal à l'aise, mais à la fois il ne pouvait que renforcer une amitié.

J'ai rencontré Alexis à Paris il y a deux ans. Après l'avoir quitté, rien ne me laissait supposer que j'allais le revoir. Je ne me souvenais même pas que je lui avais laissé mes coordonnées. Quelques mois plus tard, j'ai été réveillé un matin par un coup de fil où je ne reconnaissais pas la voix. C'était Alexis qui se présentait et, à moitié endormi, j'ai fini par me rappeler. Il m'annonçait qu'il était à Marrakech, en même temps il manifestait une envie de me voir, et, dans sa façon de me parler, qui était tellement fleurie, j'avais l'impression que je manquais à quelqu'un à qui j'étais cher. Là-dessus, il m'apprenait qu'il avait débarqué avec son oncle et que c'était lui qui avait choisi la destination où passer une semaine. L'oncle n'était pas censé savoir qu'Alexis connaissait un garçon qu'il aimerait retrouver et qui était moi. Malgré mon côté complètement abasourdi, le matin en me levant, le coup de fil me semblait interminable, et il fallait trouver une solution pour se rencontrer comme si c'était la première fois aux yeux de son oncle. Ils venaient d'arriver la veille et étaient installés dans un hôtel. Il m'a dit quand même que son oncle savait qu'il était pédé.

Je lui ai proposé de se voir dans la matinée dans un café au centre de Marrakech, lui me prévenant qu'il ne fallait absolument pas que je vienne vers lui, et que je fasse très gaffe. Son plan était de faire comme si on se draguait au café. Après l'avoir quitté au téléphone, je suis sorti pour le retrouver, je profitais en même temps d'aller d'abord faire une course à la poste. Sur mon chemin, en marchant, je croise un type qui devait avoir la cinquantaine, me dévisageant, et apparemment je lui plaisais, c'était comme un flash pour lui, il m'a souri et j'ai répondu au moment exact de le croiser. Plus loin, j'aperçois Alexis qui courait, j'étais content de l'avoir reconnu tout de suite. J'allais vers lui en pensant qu'il était tout seul. Il a fait semblant de ne pas me voir. Ensuite, j'ai compris, puisqu'il est allé retrouver ce type que je venais de croiser. J'ai fini ce que je devais faire et je me dirigeais au café pour le rendez-vous. Cette situation me mettait mal à l'aise, me déplaisait. J'étais surpris que l'oncle s'intéresse aux garçons, apparemment.

J'arrive devant la terrasse, je remarquais que l'oncle me montrait discrètement du doigt en parlant avec Alexis. Je devinais un sourire sur les lèvres d'Alexis, un peu moqueur et jouissif, de ce qui se passait. Je me suis assis à une table et je trouvais que ça commençait à bien faire, j'étais censé m'intéresser à lui mais je n'arrivais pas du tout à jouer ce rôle. Je n'en pouvais plus et je trouvais que ça durait et je suis reparti. Je suis rentré chez moi en attendant qu'il m'appelle. Je ne comprenais rien du tout, je ne voyais même pas ce que ça pouvait me rapporter, et à lui non plus, le fait de cacher notre relation qui pour moi était banale. Aucun appel vers midi, à l'heure du repas, il fallait que je sorte pour aller en cours.

J'ai eu envie de repasser quand même par le centre, en espérant qu'il soit là et sans l'oncle, mais je ne vois que ce dernier qui me reconnaît et m'a suivi. Je ne savais pas comment me comporter mais finalement j'étais curieux de ce qu'il allait me dire. Je m'arrête et il se présente en me saluant, qu'il m'avait déjà vu dans la matinée. Il me disait que je lui plaisais. J'ai dit que je l'avais vu avec quelqu'un. Il m'a dit que c'était son neveu à qui je plaisais aussi. Il m'a proposé de faire l'amour avec moi. J'ai répondu qu'il ne m'intéressait pas mais que par contre le neveu me plaisait bien. J'ai refusé quand il m'a proposé même à trois, j'ai dit qu'il n'y avait que le jeune qui m'intéressait, sinon rien du tout. Je trouvais que je m'en sortais bien, et que finalement on allait se revoir sans avoir à se draguer puisque l'oncle allait me le faire rencontrer le soir même. Je lui ai donné mon numéro de téléphone, ça commençait à m'amuser, je commençais à trouver ça comme un jeu.

En rentrant le soir, j'ai eu l'appel, je devais les rejoindre dans le hall de l'hôtel pour les ramener chez moi. Je voyais qu'Alexis était estomaqué de me voir maîtriser la situation mieux que lui, puisque lui, son regard et son rire le trompaient, il n'y avait que moi qui comprenais. À un moment, j'étais dans la cuisine pour leur servir à boire, Alexis m'a rejoint pour s'excuser de tout ce qu'il venait de faire, son oncle était amoureux de lui, et il ne pouvait pas lui dire qu'il venait à Marrakech pour voir un garçon, il serait trop jaloux. Même s'il ne se passait rien entre eux, il ne voulait pas le faire souffrir. Il commençait à être tard. Alexis a demandé à l'oncle de rentrer tout seul à l'hôtel, il avait envie de rester avec moi. Je le sentais crispé, l'oncle, mais il avait l'air de céder à tout ce qu'Alexis voulait. On l'a raccompagné à l'hôtel avec leur voiture de location qu'on a gardée avec nous pour retourner à la maison.

Alexis ne voulait pas rentrer immédiatement se coucher chez moi. Il avait très envie de fumer du kif. Je ne savais pas où aller pour trouver ça, on s'était dirigés à tout hasard dans des coins où il me semblait avoir aperçu des gens qui fumaient. Je l'ai supplié pour qu'il reste dans la voiture, à me laisser seul me débrouiller, je trouvais que c'était plus facile pour moi, Marocain, d'avoir affaire à des Marocains, parce que je craignais soit qu'il se fasse arnaquer, soit qu'il se fasse embêter. Surtout, qu'on n'aille pas tous les deux. J'ai tourné un peu dans des ruelles sombres, et le peu de garçons que j'ai croisés, ils n'avaient rien sur eux, mais que c'était trop loin là où je pouvais le trouver à cette heure-là. Je suis retourné dans la voiture et j'ai été surpris par la réponse d'Alexis, que je trouvais d'une indélicatesse exagérée, quand je lui ai annoncé que je n'avais rien trouvé, en lui posant la question en même temps : « Tu es triste ? » Et, au lieu de me prendre la main pour me remercier en me disant : « Ce n'est pas grave », il m'a répondu qu'il était effectivement triste.

Je commençais à craindre vraiment son séjour et de le voir tous les jours puisqu'il venait de m'apprendre qu'il souhaitait vivre chez moi pendant cette période tout en étant sournois, me disant : « J'aime bien ta maison. » J'ai commencé dans ma paranoïa à me poser des questions, soit effectivement il préférait la maison à l'hôtel, soit il se servait de moi pour s'éloigner de son oncle. On est rentrés. J'étais en face de quelqu'un que je ne connaissais absolument pas dans mon propre lit. Il buvait du whisky, ça l'intéressait plus de boire du whisky que de passer du temps avec moi. Il regardait la télé. Je me suis réveillé le matin et je ne comprenais pas ce qui m'arrivait à faire tellement attention en me levant à ne pas le réveiller, à ne pas le déranger dans son profond sommeil, et aller aussi lui préparer la salle de bains et le petit déjeuner, comme si je faisais tout ça pour mon amoureux. Il a tout remarqué de mes intentions envers lui, je voyais que ça lui plaisait, que je m'étais trompé et que ce n'était pas la bonne solution pour me débarrasser de lui.

Au moment où Alexis a rejoint son oncle à l'hôtel, dans la matinée, je me suis surpris à penser à lui tendrement, je dirais même avec une énorme affection. Je ne suis même pas allé aux cours et j'ai préféré aller lui chercher du kif. J'ai fini par trouver par le biais de quelqu'un, duquel j'ai profité quand il me draguait, car il m'a dragué, et ça m'était plus facile de demander à ce type qu'à un étranger qui ne s'intéresserait pas à moi comme ce type. Il était masseur dans un hammam et on devait prendre un taxi pour aller dans les faubourgs de Marrakech, ça n'a demandé que très peu de temps. J'en ai acheté énormément et, comme il fallait le préparer, mon type m'a emmené dans son hammam où il m'a prévenu que j'allais voir des choses spéciales. Je me doutais que c'était un endroit très sexuel.

L'endroit était magnifique, avec une coupole au milieu, le sol était en marbre mais délabré et crasseux. Je me suis mis comme lui, par terre, accroupi. J'ai adoré ce moment-là à le regarder le préparer, tailler le kif soigneusement en buvant le thé qu'il avait commandé pour nous. Il n'y avait pas que des Marocains que j'aperçus passer d'une pièce à l'autre, ils étaient plusieurs étrangers, parlant français ou italien, de très grosses folles entourées de superbes garçons marocains un peu malfrats. Mon type me disait : « Je n'aurais pas dû t'emmener ici, et je t'interdis de revenir, ce n'est pas un endroit pour toi, parce que je suis sûr que tu aimes les garçons. Moi, j'aimerais tellement te faire un massage, te caresser, mais je préfère te le faire chez moi. »

Je suis rentré tout content avec mon plastique dans lequel le kif était roulé dans un papier journal, je l'avais sous le bras et j'avais tellement peur puisque à trois cents mètres de la station de taxi où j'attendais, juste à côté, il y avait un poste de police et des flics qui tournaient autour, dans le coin. J'ai appelé Alexis à son hôtel en lui annonçant que j'avais son bonheur avec moi. Ça me faisait rire d'avoir utilisé ce code du mot « bonheur » au téléphone, de peur d'être sur écoute comme un professionnel qui avait l'habitude de dealer. Je lui ai dit que j'avais raté mes cours comme si j'espérais décrocher un remerciement ou un mot gentil, je ne savais pas ce que j'attendais de lui.

J'ai récupéré peu de temps après Alexis qui

n'avait plus aucune envie de retourner terminer son séjour avec son oncle. Il l'accompagnait juste une heure ou deux dans la journée, pour jouer au tennis à leur hôtel, et de mon côté je n'ai pas mis les pieds en fac de la semaine. J'ai commencé vraiment à m'attacher à ce garçon, je n'avais qu'une envie, c'était d'être gentil avec lui. J'avais l'impression que j'étais plus qu'à son service. Les fois où on a vu l'oncle ensemble, je l'avais invité à déjeuner à la maison pour me sentir moins mal, qu'il ne reste pas seul. Il était évidemment très amoureux d'Alexis, mais pas au point de rester seul à l'hôtel à se contenter de visiter la ville, il partait en vadrouille dans la journée pour draguer, rencontrer des garçons. Alexis manifestait son affection pour moi de façon amoureuse mais exagérément en présence de son oncle. Je craignais qu'il passe son temps à fumer, du matin au soir, chose contre laquelle je l'ai prévenu, parce qu'il me semblait que j'avais acheté beaucoup plus de kif qu'il ne fallait pour une seule personne.

Ma relation avec lui commençait à me plaire, à me donner tant de mal à m'occuper de lui toute la journée, j'avais l'impression qu'il était tellement jeune et moi tellement plus vieux, mais son côté planant, qui à des moments le faisait ressembler à un adolescent, parfois m'énervait, j'avais l'impression que j'étais devant un égoïste qui ne pensait qu'à lui. Il prenait soin de me montrer tout de même qu'il ne fumait pas exagérément. J'adorais sa façon de voir le Maroc, il se sentait tellement bien dehors à répandre partout pour tout le monde son sourire qui faisait bon effet chez les autres. Il me répétait sans cesse : « Je me sens tellement bien ici », mais j'étais la mauvaise personne à convaincre puisque je l'avais compris, il me suffisait de le voir marcher dans la rue, et à aucun moment la France ne lui manquait. Il voulait rester avec moi et je m'en suis voulu suffisamment longtemps d'avoir été sur la défensive en refusant qu'il reste au Maroc à ce moment-là en prétendant qu'il faisait une connerie en craquant de cette façon, si brutale, sur son choix qui était rapide de vivre au Maroc. J'ai eu du mal mais j'ai réussi à le convaincre de rentrer avec son oncle le jour prévu de leur retour. Je me rappellerai toujours sa silhouette à l'aéroport et l'expression de son visage, et sur le coup je le prenais pour un enfant gâté à vouloir rester, et maintenant je le regrette en pensant qu'il était vraiment malheureux de rentrer à Paris.

Alexis m'avait écrit un mot que moi-même je lui avais demandé pour me dire ce qu'il pensait réellement de sa relation avec moi, que j'avais déchiré immédiatement, prenant mal la chose, et qui était ceci : « Je ne sais pas si j'arriverai à te le pardonner si jamais je ne peux pas revenir au Maroc, de ne pas m'avoir gardé avec toi. Je suis triste que nous ne soyons pas devenus de vrais amants. Rachid, tu es un garçon innocent. Que Dieu te protège. Je t'embrasse. Alexis. » Je pensais qu'il avait menti, je trouvais que le mot faisait penser qu'il n'allait jamais revenir par sa propre décision, alors qu'il ne rentrait que pour une semaine et retournait avec sa moto, un voyage qu'il m'avait promis et qui me faisait rêver.

Je ne m'attendais pas, le soir même du jour de son départ, au grand vide qu'il avait laissé, et tout d'un coup je prenais conscience de l'intensité de la relation, et en plus de la sympathie qu'il avait suscitée auprès de mes amis. Le seul souvenir présent qu'il avait laissé immédiatement était le kif que j'avais mis dans une boîte, que j'allais renifler de temps en temps, j'aimais l'odeur. Je commençais à m'habituer à ce manque et me dire que j'avais un ami de plus, j'attendais qu'il revienne.

Son oncle n'avait aucune raison de me rappeler une semaine plus tard, si ce n'est pour m'annoncer qu'Alexis venait de mourir. La seule chose à laquelle il prenait garde en m'annonçant la mort, c'est qu'il ne fallait absolument pas que je dise à la mère, dont il était sûr qu'elle allait m'appeler, qu'il y avait eu une personne avec Alexis durant son séjour. C'est là que je me suis douté qu'il ne devait pas être l'oncle. Je suis resté avec ce doute sans savoir exactement qui était ce type et je le plaignais. Lui aussi faisait partie des souvenirs d'Alexis qui me sont apparus : cet été, je suis tombé sur lui dans un restaurant où j'étais assis, mon regard s'est croisé avec celui de l'oncle, j'étais très ému, assez bouleversé, ne sachant quoi dire, j'étais encore plus mal et choqué, je ne savais pas comment évoquer Alexis par rapport à lui. Lui se contentait de dire : « Qu'est-ce qu'il était beau, ce mec », et me présentait en même temps son nouvel amant. Et c'est là que j'ai compris qu'il n'était pas l'oncle.

Il y a peu de temps, je suis tombé sur le gars qui m'avait aidé à trouver le kif et ça me faisait plaisir d'aller vers lui et lui parler, j'étais content quand il m'a proposé de prendre un verre avec lui. J'ai eu très envie de le connaître et ça me faisait du bien de pouvoir bizarrement penser à Alexis à travers ce type qu'il n'avait pas connu, ça m'était doux et agréable. Il croyait que j'allais lui demander une fois de plus de me dépanner. Je l'ai rassuré en lui disant que je voulais juste m'asseoir et prendre un verre avec lui et le connaître. Il s'appelait Hicham. Il doit avoir près de la quarantaine, je dirais, assez grand, mince, sa peau foncée. Il puait l'alcool à dix heures du matin. Je le lui ai dit. « J'ai passé la nuit à boire dans le hammam », me dit-il. Et moi, surpris : « Au hammam ? » J'étais surpris qu'on puisse boire au hammam. Il m'a dit qu'il y avait beaucoup de monde et que la nuit était très sexuelle. « J'ai rencontré cette nuit un garçon d'un toucher extraordinaire, comme il m'a caressé. » Il a ajouté que c'était comme ça pratiquement toutes les nuits, que les gens venaient pour baiser.

J'aimais beaucoup sa façon de parler, en dehors de tout ça. « J'ai fait des études, moi aussi, me dit-il, mais ça ne m'a mené à rien. » Je me suis mêlé de ce qui ne me regardait pas, comme si j'étais là à lui donner des leçons de vie : « Je suis sûr que tu peux faire autre chose que de passer ta vie à masser au hammam. » Sa réponse m'a touché, ému : « J'ai choisi le hammam et j'y suis bien. J'adore masser et travailler les corps. En plus de ça, je suis content dans cet endroit qui est crasseux et hors la loi. »

Pendant que je parlais avec lui, deux hommes passaient sur la terrasse, d'un certain âge, assez distingués mais pas très bien habillés. Ils se sont approchés d'Hicham pour le saluer. L'un des deux m'a lancé un regard assez dragueur, et quand je lui ai serré la main, il a retiré la sienne tout doucement en me caressant le creux de la mienne. Ils se sont assis plus loin, à une autre table. J'ai demandé à Hicham qui étaient-ce. « C'est le propriétaire et le patron du hammam. »

Et je lui ai dit qu'évidemment ils aimaient les garçons. Je lui ai demandé s'ils vivaient bien de cet endroit, lui en tant que masseur et eux en tant que propriétaires. «Il y a des jours bien et des jours pas bien», me dit-il. Mais que le propriétaire avait énormément de problèmes d'impôts et qu'il avait du mal à régler ses notes d'eau et d'électricité. Je lui ai dit : «Pourquoi tient-il tant à cet endroit, au lieu de le vendre à quelqu'un qui s'en occuperait mieux et le rendrait encore plus beau ?» Hicham m'a dit que ce type sans son hammam n'était rien et que c'était son soutien à la vie. Il m'a dit : «Moi aussi, j'aime cet endroit. Je rencontre des artistes qui viennent d'ailleurs, souvent des Européens, des gens connus, et je ne me sens pas moins artiste qu'eux. C'est comme ça que j'aime ma vie. »

DU MÊME AUTEUR

Aux Éditions Gallimard

Dans la collection L'Infini

L'ENFANT ÉBLOUI

PLUSIEURS VIES

Composition Euronumérique.
Impression Bussière Camedan Imprimeries
à Saint-Amand (Cher),
le 14 juin 1999.
Dépôt légal : juin 1999.
1ᵉʳ dépôt légal dans la collection : mars 1998.
Numéro d'imprimeur : 992639/1.
ISBN 2-07-040453-6./Imprimé en France.

92443